LE HAMEAU DE PERSONNE

DU MÊME AUTEUR
AUX ÉDITIONS ZOÉ

Morts ou vif, 1999, réédition 2003,
« Livre de la Fondation Schiller 2000 »

Destinations païennes, 2001
Mini Zoé, 2013

Les Désemparés, 2005

Le Rapport Amar, 2006

Séismes, 2013
Zoé Poche, 2022

Haut Val des Loups, 2015
Zoé Poche, 2023

Faire le garçon, 2017

Absolument modernes !, 2019

Malencontre, 2022

CHEZ D'AUTRES ÉDITEURS

Jours rouges, En bas, 2003

Terrains vagues, l'Aire, 2007,
L'Âge d'Homme, « Poche suisse », 2015

Père et passe, Le Temps qu'il fait & En bas, 2008

Fantômes, En bas, 2010
(illustré par Zivo)

Lettres au Pendu et autres écrits de la boîte noire,
Monographic, 2011

Temps mort, préface d'Annie Ernaux, En bas, 2014

Saintes colères, d'Autre part, 2014

Les Précédents, En bas, 2017

Histoires de village/Storie di paese (avec Alberto Nessi),
Empreintes, 2022

Fantômes et autres nouvelles, En bas, 2023

JÉRÔME MEIZOZ

LE HAMEAU DE PERSONNE

ZOE

www.editionszoe.ch
Maquette de couverture : Notter + Vigne
Illustration : © Andrea Ebener, *Cyanotype selfportrait*, 2021.
ISBN 978-2-88907-455-6

*Les Éditions Zoé bénéficient du soutien de
la République et Canton de Genève,
et de l'Office fédéral de la culture.*

Chacun de nous passe de longues périodes
au cours desquelles il n'existe absolument pas,
mais se borne à feindre d'exister.

Thomas Bernhard,
Perturbation, trad. Bernard Kreiss.

Première partie

Tout ce que vous entassez hors
de votre cœur est perdu.

Jean Giono

1.
Fracasse

— Imagine les plus beaux jours de septembre, les arbres encore verts, la chaleur humide, la lumière déclinante, provocante, qui te fiche le cafard d'un coup.

C'est Javerne qui m'a raconté ça une fois qu'on s'est croisés en ville. Il a commencé par planter le décor, lentement, avant d'en venir à ce qu'il avait remarqué. Ce jour-là, il fendait son bois en lisière de forêt. La hache déposée, il a soufflé un peu et buvait au goulot quand un taxi s'est arrêté devant une bâtisse à louer. On avait masqué l'enseigne jaune sur la voiture. Le chauffeur a sorti d'énormes valises et deux chiens ont jailli du coffre, aussitôt alertés, enivrés par l'odeur des bêtes sauvages. Une femme en jeans et bottines, portant un sac à dos d'alpiniste, a claqué la portière. Quel curieux équipement !

Elle a traîné les bagages et s'est engouffrée dans la maison avec les chiens après avoir longtemps fouillé la serrure. La voiture s'est éloignée en marche arrière et personne n'a été vu jusqu'au lendemain. Pas une lumière. Le soir, Javerne espérait discerner des mouvements dans la maison, au moins une bougie allumée. Rien.

Lui, Javerne, le petit revendeur de poudre et d'herbe, qui deale en plaine et stocke en altitude, il a eu ce flair-là ! Sauf qu'il n'a pas reconnu tout de suite Rosalba. Elle avait énormément changé.

Rosalba qui m'obsédait depuis l'adolescence, mais n'avait jamais eu pour moi un seul regard. Elle avait fondé une famille, vécu dans l'aisance ; un jour, sa vie avait volé en éclats ; elle s'était enfuie sans laisser d'adresse. Rosalba sur laquelle je menais en vain, depuis deux ans, ma petite enquête ! Impossible de supporter l'absence de cette femme qui ne m'avait jamais aimé.

Et c'est ce lieu ingrat qu'elle avait choisi pour recommencer à vivre ?

La bâtisse à louer se trouve à trois cents mètres en direction de la Rigole. C'est le nom d'un torrent qui arrache tout en hiver, un passage dangereux à cause des éboulements et des cascades de glace. Un touriste est tombé là en 1942, il avait pourtant demandé son chemin. Il trouvait la région idéale pour écrire des bouts-rimés, célébrer l'Alpe sereine. Chaque printemps, il faut réparer tout le tronçon, un truc infernal.

Le rideau s'ouvre sur le hameau : quelques chalets très anciens, occupés juste le temps des vacances ;

des granges aux toits à demi écroulés ; des terrasses céréalières où ne poussent plus que le chardon et la bardane. Un morceau du passé échoué dans notre présent d'inquiétude.

Il ne se fait pas remarquer, Javerne, efficace et discret comme un lynx. Sous néons tempérés, il possède ses propres cultures. Juste pour sa consommation. On se connaît d'enfance, l'école primaire, l'instituteur officier, les scouts en rang sous le drapeau, le recrutement militaire... Le monde qu'on a tout de suite trouvé injuste. Injustifiable.

Pas un mauvais type, Javerne, juste hors des clous, pas fait pour les rythmes de l'époque. *Toujours seul et ne pensant qu'au crime*, les gens causent de lui comme ça, par formules rebattues, mais c'est absolument faux. Un rêveur pacifique, introverti, embarrassé de lui-même. La drogue l'a sauvé et le tue tous les jours, et puis il faut bien bouffer, c'est son excuse.

Il a bien connu les propriétaires de cette bicoque, les Rachebœuf, un couple déjà sur l'âge, ils voulaient la mettre en location et s'installer en ville par commodité. Leurs enfants vivaient tous à la capitale, bossaient dans les bureaux, personne n'avait envie de s'enterrer ici, à cette altitude, au bout d'une route étroite et dangereuse, pour cultiver du seigle, des prunes minuscules et engraisser des veaux de lait. Combien ils pensaient tirer d'un bien dans cet état, à rénover entièrement, sans compter la grange très abîmée ?

Avec ses voisins, bon an mal an, Javerne avait une bonne entente. Après leur départ, il s'est senti assez seul, au hameau il n'y a que quelques vieux, des ânes et parfois des vacanciers. Les Racheboeuf lui ont laissé un papier avec leur nouvelle adresse. Il s'était proposé de faire visiter, au cas où. Eux l'avertiraient s'ils louaient à l'année, il pourrait montrer la maison aux nouveaux, ouvrir l'arrivée d'eau, régler le tirant de cheminée. Pendant deux ans, la maison est restée vide, elle se dégradait, les cadres de fenêtres fendus, la gouttière pleine, arrachée dans un angle. À l'intérieur, tout devait être sérieusement humide ou déjà pourri. C'est pourquoi l'arrivée de la femme aux chiens l'a pris de court.

— D'accord, d'accord, Javerne, merci j'en sais assez sur la bicoque, j'ai dit.

Mon visage restait impassible, mais au-dedans tout venait d'exploser.

Depuis un bon moment, il n'y avait eu aucun mort dans la bourgade de plaine où je vivais, entre les rails et l'autoroute du Sud. Pas un seul coup de glas, pas une visite à rendre, pas un apéritif à la sortie de la messe. L'abbé Séday commençait à se croire en vacances. Il faisait durer les siestes. D'après les mécréants, il était porté sur le sirop. Les gens disaient comme ça, *le sirop,* sur le sujet ils préféraient les figures de style. Les buveurs passaient pour de braves gamins saisis par le sucre. On avait essayé d'interdire les alcools forts mais les ventes d'eau de Cologne et de Carmol avaient décuplé. Peut-être parce que sur l'étiquette bleue, un moine vous souriait. Les services de Santé publique ont fini par laisser tomber.

De canicule en canicule, les prés viraient au jaune pâle, à la paille, comme la savane à la télévision. On se posait tous bien des questions pendant les nuits sans sommeil. Si c'étaient pas les Dix plaies d'Égypte qui revenaient dans l'atmosphère étouffée de carbone ? Si on allait cuire sur place ou crever de faim dans peu d'années ?

Les gens âgés, esseulés, tenaient le coup grâce à des femmes de peine venues des pays du Sud. *Désinfectez bien nos latrines, Maria, et n'oubliez pas la poussière sur l'écran plat...* Ainsi l'argent passait lentement, sans douleur, d'une poche à l'autre. Tout semblait figé dans un présent interminable.

Partout, des regards vides poussant des caddies au supermarché, partout des retraités promenés en laisse par leurs chiens... Un moine zen, errant par ici, aurait semé ses haïkus au petit bonheur la chance.

« Je suis le gardien de l'eau »
rêve le marchand de pastèques
à haute voix.

Et puis un soir, on a senti un vent brutal d'avant l'orage et, dans son sillage, l'odeur verte des pins descendue de la haute vallée. Une pluie obèse, tiédasse, a joué des percussions. Tout ça m'a fichu une migraine terrible. Mais à l'instant même, sans prévenir, le temps a recommencé à couler…

À l'aube du jour suivant, la photo d'un mort était épinglée sur la porte de l'église. Horaires de la veillée, types obséquieux des pompes funèbres, musique éthérée, quête pour les missions du Sikkim, etc.

La Roue tournait à nouveau.

Dans le cercueil, un gars de l'école primaire qu'on avait fréquentée, Javerne et moi. Ensemble, vêtus de l'aube blanche devant Monsieur le curé. Nous étions ses *chers petits anges.* Une poignée en forme de poisson ouvrait la porte monumentale de l'église. Un code secret servant à protéger Jésus, *ICHTUS*, pour ceux qui ont fait du grec (c'est Monsieur le curé qui parle). On voulait tous attraper ce morceau de bronze qui nous filait entre les doigts.

Le copain allongé là, sous les fleurs, avait brûlé la chandelle par les deux bouts pendant toutes ces années. *Furbo, vizioso, veloce, sexy,* comme dit la chanson. Quatre jeunes porteurs ouvraient le convoi dans la nef pleine à craquer. Cheveux blancs, cheveux gris, manteaux sévères, rouge à lèvres à pleurer d'anciennes amoureuses. La mort parmi nous, palpable et délicate, toujours pimpante, se cachait derrière les colonnes de granite, salivant à l'idée de sa prochaine proie.

Sur un écran blanc dressé dans l'abside, une chanteuse interprétait une *aria* de Bach, *Erbarme dich, mein Gott.* Sans la musique, c'est bien vrai, merde, la vie serait un pauvre biscuit sec. Le violon conduisait les fidèles en tracés métalliques vers les pensées les plus légères, les plus tristes. La caméra évitait les gros plans sur la soliste, une Asiatique assez menue, sans s'appesantir sur son visage difforme. D'un plan à l'autre, on devinait pourtant le centre de sa face comme supprimé ou enfoncé. Chirurgie reconstructive nullement contraire à ses gestes de mélodie pure, sans aspérités, les notes toujours plus hautes, reprises en fugue, allégées jusqu'à étourdir. C'était sorti du violon de cette femme et je ne pouvais quitter l'écran des yeux.

Une fois le silence revenu, Monsieur le curé s'est frayé un passage, avec une lenteur de professionnel :

Notre ami est mort un dimanche
[pause liturgique]
le jour où nous célébrons le fondement
[pause liturgique]
de notre foi…

Célébrer le fondement, quel con ! Et pourquoi pas la *porte étroite* ou la *pêche miraculeuse* pendant qu'on y est ! Pardonnez-lui, il ne sait pas ce qu'il dit.

Le moment était venu, j'ai filé par la porte arrière de l'église. Miraculeusement, la cérémonie avait agi, j'étais libre d'aller vers l'essentiel. De sortir de mes gonds pour ne pas, au soir de la vieillesse, découvrir que je n'avais pas vécu. Ce déclic brutal: le cercueil, les chevelures devenues grises, la musique impitoyable. Le choc concret du temps compté qui donne soudain la *présence d'esprit.* Les morts vous font agir, parfois.

Assez tardé, suivez-moi. J'ai retrouvé sa trace...

Rosalba, j'arrive.

Il me fallait un point de chute dans le hameau d'altitude où elle se terrait avec ses chiens. Je suis allé trouver le gros paysan du coin, il avait dans toute la vallée des terrains morcelés, des granges, des hangars. Quand j'ai poussé la porte du bar agricole, il était avec un type devant un verre, les deux regardaient vers le sol. Ils devaient méditer sur le prix des terrains à construire. On l'appelait Bouche-cousue, parce que causer l'ennuyait par-dessus tout. Dans son monde, les choses parlaient d'elles-mêmes. Il croyait posséder le réel. Lentement, il a levé les yeux vers moi, l'œil lassé et farceur d'un type qui cache la merde sous le tapis mais ne perd jamais le nord.

J'ai commencé comme ça, je ne serais pas souvent chez moi ces temps, un nouveau boulot, il me faudrait un endroit au calme pour écrire à la montagne, deux jours par-ci, deux jours par-là, sur toute l'année. J'étais prêt à échanger un grand terrain agricole près du fleuve contre sa grange inutilisée dans le haut val.

Il savait déjà, tout se savait ici, il me souhaitait bon courage pour *bosser avec ces putains de cols blancs* (c'est Bouche-cousue qui parle). Il voulait juste qu'on signe pour l'usage du terrain et de la grange.

— Marque sur le papier ce qu'on a parlé et donne-le à la femme.

Il a désigné vaguement une menue personne à queue de cheval et talons hauts qui comptait les tickets de caisse. Il disait *la femme* et parfois *ma femme*, mais il n'était pas marié, je le savais. Pas son genre de signer des contrats qui l'auraient mis sur la paille. Pour lui, propriétaire terrien, la fille n'était qu'une immigrée qu'il tenait sous sa coupe (ou était-ce le contraire ?) : elle servait au bar agricole, il partageait avec elle le lit et la table. Il la payait, un peu.

Pour fêter ce marché conclu, il m'a tendu un verre de vin. Puis il a levé le sien, en veillant à ne pas me regarder en face :

— À la santé de ceux qui nous veulent du mal !

2.
Javerne

C'est Fracasse qui a commencé. Moi, j'avais rien dit, je m'occupe pas des affaires des autres, déjà assez de soucis avec mon bizness. Quand on me demande ce que j'ai vu au hameau, si je me doutais de ce qui se tramait, si j'ai eu des inquiétudes ou des pressentiments, je réponds non. J'ai été naïf peut-être ? Après tout, je suis pas flic et l'ordre public, c'est pas mon premier souci. Vivre et laisser vivre, de quel droit juger les autres ? S'ils voulaient bien me foutre la paix, eux aussi, c'est tout ce que je demande. Ceux qui me connaissent me posent pas de questions embêtantes.

On est pas à Nouillorque, ici.

Donc, Fracasse. À peine il a su l'histoire du taxi, de Rosalba avec chiens et bagages, qu'il a débarqué ici un samedi de novembre. Je le croisais pas souvent, mais on a fait les primaires ensemble et puis les camps scout, on s'est battus, ça fait des points communs. Il avait loué une grange pour l'année, histoire de se reposer un peu, ou bien d'écrire une sorte de roman, il disait. On a parlé de nos vieux parents, des amours, de nos tentatives pour quitter l'enfance, enfin les conneries habituelles. Bien sûr, il m'a tout de suite interrogé sur la femme seule, ce qu'elle foutait par ici, si j'avais remarqué quelque chose de bizarre. Fracasse, quand j'y repense, me semblait complètement paumé. Toujours le nez dans son carnet, la tête ailleurs, je n'ai jamais bien compris son job, ses contrats du côté des Lacs, dans les journaux, à la radio.

Son père comprenait pas comment il faisait pour vivre de ses écritures, sans horaires ni salaire fixe. En rigolant, il lâchait *mon fils est peintre en lettres*, c'est comme ça qu'il voyait les études du rejeton, même si elles menaient à rien. Drôle de bonhomme, Fracasse, mais j'étais pas de ceux qui se fichaient de lui. Les gens savaient pas que faire de ses théories à la con… Lui s'intéressait aux autres, je pense, mais il posait que des questions maladroites. Pour finir, on se sentait mal à l'aise avec lui. Bref, un type plutôt mal dans sa peau, assez inoffensif, je dirais, même si son séjour au hameau a tourné drôlement. Par superstition, je reviens pas sur ce qui a eu lieu ici. Et qui je suis, moi, pour juger Fracasse ?

On causait souvent lui et moi. Il passe pas grand monde dans le coin, alors quand on se croise, on bavarde. Sinon, comment faire avec toute cette solitude ? Chaque jour, je fais le tour du hameau pour voir s'il n'y a rien d'anormal. Je m'assure que Maïko mène son train-train habituel. Elle a jamais pu parler, Maïko, elle tricote sur un banc à longueur de journée, fait son jardin et sourit à chacun. Son tuteur, un proche parent, passe la voir une fois par semaine. Elle vit là, bien mieux que dans une institution. Son regard bleu éclaire toute la ruelle.

Ici, je donne des coups de main pour les achats en ville ou en cas de panne quelconque, je répare les barrières, je change les fusibles, j'entretiens le gazon des vacanciers. On me commande des stères de bois pour l'hiver. Au printemps, je purge la source communale, parce que sans eau…

Fracasse et moi, on n'était pas d'accord sur les nanas, les amours, tout ça. Lui, un vrai romantique, un cérébral, le type qui se décide pas, qui regarde, qui mijote à l'intérieur sans faire le pas. Moi j'ai réglé cette question depuis longtemps. Les femmes, c'est merveilleux bien sûr, ça obsède pas mal de types, on y pense beaucoup, mais faut dire qu'il y a souvent maldonne. Elles ont pas les mêmes attentes que nous, on va de malentendu en malentendu, alors moi j'ai raccroché. J'ai plus de rêves comme ça, former un couple, faire des gosses, se lancer dans le toboggan des choses avec les problèmes et tout le tremblement. Les emmerdes inévitables. À ce prix-là, je préfère rester seul dans mon chalet et descendre de temps en temps en ville quand le besoin de contact se fait sentir, enfin on se comprend.

Les femmes veulent quelque chose de vous, elles vous obligent à faire l'adulte, à prendre des responsabilités. Elles vous jugent là-dessus, pour leur plaire il faut jouer le jeu de la société. Quand je dis ça, Fracasse s'énerve, *les femmes ça n'existe pas, c'est une généralité, chaque femme est différente, tu sais bien.* D'accord, il y a des exceptions, mais bien souvent elles tirent les hommes de leurs rêves de gosses. On peut dire qu'elles vous font avancer, oui, mais alors fini l'âge tendre, le temps du jeu, le seul où la vie est pas un fardeau incompréhensible. Paraît que c'est dans la nature, qu'à travers l'attirance physique, l'espèce s'arrange pour se reproduire malgré tous les obstacles. C'est le prix à payer, on doit se sacrifier pour les suivants, entrer dans le moule. J'ai pas vu beaucoup de femmes qui renonçaient à ça. Là-dessus Fracasse est pas d'accord non plus, il les idéalise, les nanas, il préfère les suivre de loin… Le revers de la médaille, il veut pas le voir !

De ce côté-là, qu'on me foute la paix, je suis pas fait pour marcher au pas. *Antisocial tu perds ton sang-froid*, j'ai tellement aimé cette chanson… Les paradis les plus certains sont ceux que j'ai désherbés moi-même ! Parfois je me dis que la came m'est tombée dessus parce que j'étais disponible, que j'arrivais pas à négocier avec le réel trop épais, carrément morne. Je comprends pas que les gens acceptent de s'emmerder comme ça. Moi, il me fallait un sas de décompression.

La came, ça me donne mon pain, mais aussi ça m'isole. Quand je dis ça, j'entends *camisole*, drôle de mot, le truc pour neutraliser les dingues.

Fracasse aimait pas trop mes opinions, mais on s'engueulait jamais, on se connaissait trop ou trop peu, entre nous il y avait une sorte de réserve. Même sur la nouvelle vie de Rosalba, j'évitais de donner mon avis. Lui, il était complètement obsédé, ça servait à rien. Je me contentais de répondre à ses questions à ma façon.

Bien sûr, il lui filait le train, à Rosalba, mais rien de spécial, c'est juste un doux dingue. Il avait besoin de s'isoler avec des bouquins, ses carnets, un ordinateur. Il se *documentait*, c'est son mot, il testait la vie retirée à la montagne.

Il aimait les ânes, Fracasse, il parlait de fraternité animale. Chaque jour, il faisait de grands discours à ceux du pré. Même qu'il leur lisait carrément des livres ! Les bêtes appartiennent à un vieux natif du coin qui passe encore l'hiver ici. La moitié de l'année, le bled ressemble à une soupière dans laquelle le diable aurait versé du brouillard.

Ce que les gens viennent chercher dans ce trou d'ombre, à cette altitude, je sais pas trop. Faut croire que c'est devenu irrespirable, en plaine ? Et pas seulement à cause des canicules, des incendies de forêt, des glaciers en reculade. Tout le monde est en train de cuire lentement au bain-marie, en bas. D'une certaine façon, ils savent déjà ce qui les attend…

3.
Fracasse

Poser le décor, c'est ennuyeux, donc j'y vais à gros traits[1]. De toute façon, la réalité est inaccessible, chacun se la fabrique. L'essentiel tient dans le film intérieur. Nous y voilà, Rosalba va surgir. Dans un endroit qui ressemble à un chalet vieillot. Un hameau de montagne posé sur le versant nord. Une fontaine près de l'ancienne école qui abrite aussi la chapelle. Autour, une forêt humide de sapins et au-delà, des éboulis couverts de mousses, un peu d'herbe maigre. C'est là qu'elle vit désormais.

Personne ne connaît sa personne. Rosalba.

La voilà, elle sort de son lit, elle déborde, toujours là où on ne l'attend pas. Elle passe le seuil de sa chambre pour rejoindre la douche. Les pièces tout en boiseries regorgent de tissus. Une mosaïque de

[1] Ce livre a besoin d'un auteur, même discret. Dans le cas précis, je délègue volontiers les descriptions.

couleurs. Un mannequin d'essayage, des pelotes d'aiguilles.

Rosalba altière, indifférente. Elle ne se voit pas agir et c'est ainsi qu'elle est superbe, sans conteste, loin de tout regard.

Elle a quarante ans bien sonnés, un mari sommaire laissé derrière elle, les gosses en plaine dans une villa tapageuse. Haie de cyprès, piscine et bagnoles aux couleurs vives.

Les gens lui reprochent bien sûr d'avoir abandonné ses enfants, on dit toujours ça aux femmes. Quand les hommes partent, eux, on les plaint de voir moins souvent leur progéniture.

Quarante ans, avec ce qui reste devant. Et pour la première fois, sa vie portée à l'incandescence.

Personne ne connaît sa personne. Rosalba.

À l'époque de sa disparition, la police avait diffusé un signalement. Tout le monde causait, s'en mêlait, ça s'est mis à proliférer. Ce qu'elle pouvait bien foutre, et où ? Avec qui ? Est-ce que les deux mômes lui manquaient ? Si elle avait emporté du fric ? Si elle était seulement encore vivante ? Le clan du mari l'avait peut-être coulée dans le béton ? Laissons-les jaser, tout ça ne mange pas de pain.

Grande gigue mal assurée, poulain instable, statue aux très longs cils, Rosalba rend les mecs nerveux ou sentimentaux, ce qui revient au même. Proie des hommes sans rien y comprendre, je redis ton nom

Rosalba, mais il s'effiloche et je n'ai plus de toi qu'une image floue.

Tes beaux pieds écrasent l'herbe d'une autre prairie.

Personne ne connaît ta personne.

Deux ans qu'elle s'était volatilisée et nul ne savait rien. Quelques rares pistes à suivre : les types au bar, les rumeurs dans le bourg, une vieille marraine à qui elle se confiait. J'ai appelé sa protectrice, Madame Anne, qui ne manquait pas d'intentions, d'attentions pour elle. Mais, tout emberlificotée de théologie de la chair, elle ne daigna pas ouvrir la bouche.

Peu d'indices et beaucoup d'obstacles, en somme. J'ai dû faire le guet longtemps, poser des questions à gauche à droite, l'air de rien. Traîner encore dans les bistrots, pavillons grands ouverts. Je ne suis pas du genre à lâcher l'affaire.

Et puis un beau jour, Javerne l'avait reconnue au hameau, traînant ses valises au sortir d'un taxi.

Dans cette vallée d'éboulis et de maigres sapins, Rosalba a dû acheter l'air, comme dit Javerne, lentement apprivoiser les choses. Impossible ici d'en citer le nom, de peur que la presse me cuisine, que les touristes s'y précipitent. Trop de gens voudraient connaître mes lieux secrets, mon bois sacré, mes coins à champignons, quoi. Un peu plus et je devrais parler de mes sous-vêtements ou de mes lubies amoureuses. Motus.

Tout ce qui compte pour Rosalba, c'est la distance : à trois heures à pied du premier bourg, jamais de flics, route non carrossable en hiver. Là-haut, deux ou trois vieux perdus qui sortent à peine, les ânes, et en été quelques familles en vacances ; l'école et la chapelle à l'abandon, la forêt qui gagne du terrain, encercle le hameau.

Les gerbes de constellations qui explosent ou implosent, la nuit, dans un ciel sans bornes.

Avant de pister ma belle indifférente, il fallait d'abord éteindre les bavardages derrière moi. En plaine, j'ai répandu le bruit qu'on m'avait engagé dans une boîte de pub à l'autre bout des Lacs. Que je serais souvent absent cette année.

— Tu crois qu'on est des naïfs ? Tu veux pas raconter ?

— De quoi tu causes, Bel-Œil ?

— C'est gros comme une montagne que t'as une nouvelle poule par là-bas !

— …

Jusqu'ici, je n'avais pas souvent quitté mon bled, le camp de base, à peine le temps des études, bon sang, les langues orientales c'était sans aucun débouché par ici. Pourtant, j'y revenais toujours pour calmer l'anxiété, vivotant de petits boulots, de cours du soir pour les expats des multinationales, d'ateliers d'écriture, de lettres d'amour pour les-trop-timides. Le genre écrivain public, quoi. Je vendais du langage, lisse et inodore si possible. Des formules toutes faites.

De grosses boîtes en tous genres étaient prêtes à payer très cher pour ça. Quels cons ! C'était mon petit bagage, la maîtrise de l'expression, pour le meilleur et pour le pire.

En général, pour le pire.

Au plus vite, me mettre sur la piste indiquée par Javerne, me dis-je. Courant novembre, j'étais prêt. J'avais assez de nourriture pour quelques jours, des romans, mes carnets de notes, l'ordinateur et le téléphone, un volume de Wittgenstein. Ma carabine légère. Une fois franchie la lisière de la forêt, personne ne saurait où j'allais. Et dire que je n'avais plus de nouvelles d'elle depuis deux ans !

La retrouver enfin, Rosalba.

J'ai pris l'ancienne route des diligences, sous les châtaigniers. Trente-sept virages de silence absolu, malgré les louables efforts de l'Office du tourisme. Un axe international abandonné, d'incroyables murs de soutènement hors d'usage, comme on voit ailleurs des usines vides et, un jour prochain, des villes entières, des régions, des pays. J'ai pensé à toute la sueur des ouvriers sur cette route. Aux carrières d'ardoise abandonnées. Et maintenant, ce silence d'après le monde...

Trente-sept fois j'ai récité un vieux mantra, en toutes circonstances mon armure, faite seulement de mots !

Je suis arrivé, je suis chez moi,
dans l'ultime je m'établis,
la mort, la maladie, la souffrance, la séparation
des êtres chers,
tout cela est inévitable et je l'accepte.
Mes actions sont mes seules possessions.

On avance vite à skis, et le bruit régulier des lattes éloigne les loups… J'ai reconnu l'odeur de la combe, c'était indubitablement mon biotope, celui que je n'avais pas choisi, juste lentement incorporé comme le lait de ma mère. L'acidité jaune du mélèze, le relent âcre des feuilles mortes, la touche vinaigrée des tiges fermentées, le tout arrosé d'ombre et d'eau glacée. C'était le menu du jour.

Il faisait déjà froid, je pensais à la précession des équinoxes, un physicien prétendait qu'en fonction de son ellipse, de son inclinaison et des lois de la galaxie, la terre entrait en glaciation chaque quatre cent mille ans, dans une temporalité trop vaste pour que les hommes la comprennent, prisonniers de leur courte vie. De leur courte vue…

J'ai pensé que notre espèce était piégée par son cerveau trop étroit.

Peu de risques de croiser du monde par ici, à part quelques sportifs en combi fluo qui fixent surtout leurs pieds. Tout mon monde se résumait à un bon sac à dos. J'irais d'abord voir Javerne qui m'ouvrirait la grange de Bouche-cousue de l'autre côté du hameau. Comme poste d'observation temporaire, cela ferait l'affaire.

Une fois au col, il faut redescendre vers le torrent les skis sur le dos, longer les cascades. Trouver un endroit assez gelé pour traverser. Il y a des traces de cerfs dans les vernes, parfaitement nettes sur la neige. L'automne précédent, j'avais récupéré le crâne et les bois d'un mâle, le ventre labouré par un rival. Au moment du rut, souvent, ils se battent à mort. Cela datait de quelques jours, la bête s'était empêtrée dans les buissons, elle puait déjà. Foulard sur le nez, j'ai soulevé la tête par les bois et l'ai tranchée au couteau avant de la traîner sur le sentier, sanguinolente. Après, il a fallu la cuire dans un baquet à lessive posé sur le foyer. Tout se désagrège facilement. Je l'ai laissée dans le pré pour que les corneilles nettoient les ossements. En quinze jours, le crâne était lisse, les cors en parfait état.

Depuis des années, je me voyais là-haut, hors du circuit infernal avec du riz, des légumes de garde, des caisses de vin, beaucoup de livres et un fusil. Pourtant je n'avais rien d'un aventurier de cinéma. Juste le ras-le-bol et la peur du monde qui déraille.

En plaine, j'étais comme un animal empaillé. Un enterré vivant. Tous mes membres secs comme du carton-pâte et le cerveau très aléatoire.

Au bar, les discussions n'avaient plus pour moi ni queue ni tête. Je vivais dans l'esquive permanente.

— Pourquoi tu t'es jamais marié ?

— Parce que j'arrive pas à m'accoupler en captivité.

Les nuits de grand vent, la cloche de l'école qui pend de l'avant-toit sonne toute seule. J'imaginais les fantômes de vingt gosses, en rang, mouchoirs chiffonnés dans la poche. Les pleurs du premier jour en classe, ça ne s'oublie jamais.

J'ai toujours fait l'objet de moqueries à cause de mes larmes à l'école, aux scouts, dans les groupes de garçons. J'étais resté coincé dans l'enfance, j'étais le doux-à-mère.

Une très vieille honte.

Quand la société vous happe, vous arrache à votre nid pour faire de vous un rouage de la machine. Une autre brique dans le mur. Très peu pour moi.

Javerne fumait sur le pas de sa porte, l'air un peu hébété – il n'avait pas de visites, se contentait d'incursions en ville pour écouler ses produits. C'est de la bonne, il a dit, agriculture bio sous ampoules LED, zéro kilomètre, arrosée avec amour je te jure. Je lui en ai pris un peu pour mes soirées d'épiage.

Il n'a rien demandé sur ma présence ici. J'ai dû trouver quelque chose, mentir doucement, un problème privé, rien de spécial, les amours ça va ça vient… le besoin de monter de temps en temps, bref, un lieu où disparaître.

— Disparaître ? Nom de Djeu, tu viens pas ici pour te flinguer au moins, il a dit.

Je n'ai pas répondu. Il a insisté.

— Tu fais le détective sauvage ? T'espères trouver quoi par ici, la poésie peut-être ?

Quelques billets posés dans sa main, je n'ai pas eu besoin d'en dire plus, il avait l'habitude des arrangements.

Au fond, il s'en foutait, Javerne, à chacun ses manies. Il a débouché une bonne bouteille, je savais qu'il aimait discourir :

— Fruit de la vigne et du travail des hommes !

Le tintement des verres a effrayé les moineaux posés en grappes dans le prunier.

— À vin nouveau, outres neuves !

Après quelques verres, l'envie l'a saisi de cracher les histoires qui le tourmentaient. La solitude le dévorait à petit feu. Pas vraiment de femmes ici, il a dit, qui voudrait habiter ce hameau ? Et pourtant il descendait de moins en moins au bourg, il avait perdu confiance dans l'espèce humaine. Ici seulement, il se sentait à l'abri.

Il restait *à cause de la nuit*, il a répété ça plusieurs fois, je n'étais pas sûr d'avoir compris. Intense était l'obscurité dans l'unique ruelle et tout le ciel sans pollution lumineuse. Il suffisait de lever la tête, on recevait en pleine gueule toute la mitraille d'étoiles.

J'ai pris tout le temps de l'écouter, Javerne, j'avais l'habitude, avec n'importe qui je tombais tôt ou tard dans ce genre de rôle. Ça m'évitait de bavasser n'importe quoi, de faire semblant d'avoir une opinion sur tout. Il venait de perdre son paternel. L'héritage, même modeste, lui serait utile. Après une vie bien remplie, comme on dit, son père avait agonisé tranquillement à l'hôpital. Javerne l'avait veillé jusqu'à dix heures du soir puis était allé se coucher un moment, tandis que sa sœur restait auprès du moribond pour la nuit. Mais à peine il avait posé la tête sur l'oreiller que le téléphone sonnait : le père avait cessé de respirer. Le fils revint pour toucher cette main encore tiède et signer les formulaires. Le lendemain matin, il apporta les habits que le croque-mort enfilerait au cadavre. Le corps devait être présentable pour la veillée à la crypte, le soir même.

Quand Javerne était arrivé à la morgue, le père était posé sur un chariot d'acier, nu sous un drap blanc, son corps massif comme gonflé et blanchâtre. À l'arête de son nez, fine et saillante, il reconnut les traits de sa grand-mère, détail qu'il n'avait jamais remarqué jusque-là. Il dut se frayer un chemin vers le chariot abandonné sur le sol de ciment qu'un employé distrait arrosait au jet une cigarette au bec. C'était comme une bête attendant d'être débitée, une viande obscène et délaissée. Aucun apprêt, aucun décor, la réalité brutale. La pièce lui avait immédiatement rappelé l'abattoir où l'on tuait les cochons. Maintenant, face à moi, il tirait nerveusement sur son joint, il n'avait jamais raconté ça à personne.

Il devait encore me poser une question, un truc un peu délicat. L'herbe aiderait. Les gens racontaient que Rosalba m'avait éconduit, autrefois ; que ça m'avait rendu carrément dingue ; que depuis j'allais à la dérive, malgré mes longues études, les jobs du côté des Lacs, la radio où on m'entendait parfois pérorer. Il voulait savoir ce que j'espérais d'elle après tant d'années. Et pourquoi je me cachais comme un hors-la-loi.

Le silence s'est fait assez lourd. Javerne regrettait déjà cette intrusion. Il a bafouillé quelque chose comme *chacun pour soi poursuit sa nébuleu*se. Puis il m'a tendu le joint, en guise de calumet de la paix. En sueur, je me suis débarrassé de ma veste.

— C'est une autre personne, maintenant, faut t'y habituer. Paraît qu'elle se fait appeler Emaney.

Elle aimait prendre refuge dans les écrans, Emaney. Très souvent, il la voyait assise sur le balcon, les yeux rivés à son ordinateur. Un feu follet des alpages, une sauvageonne de la forêt primaire. Et il a ajouté :

— Drôle d'Heidi !

Il la décrivait traînant dans le hameau en compagnie de ses deux chiens, sapée comme une duchesse, hypnotisée par son téléphone portable.

Désormais, elle a trouvé une façon de s'exprimer (que je me suis dit), elle si discrète dans les groupes de copains-copines. J'avais remarqué qu'elle se manifestait de plus en plus sur les réseaux sociaux. Il me faudrait prendre le temps d'examiner ses publications, pour compléter ce que je verrais depuis mon poste de guet.

Elle a maintenant une vie seconde, Emaney, une vie numérique…

Je suis sorti un peu éméché, remué par toute cette encre noire que crachait Javerne, sa mélancolie cannabique. Et s'il en savait plus que ce qu'il me disait ?

Immédiatement je suis allé à la grange, il faisait nuit. La porte fermait assez bien, il restait du foin pour aménager un lit de fortune. J'avais amené une bonne couverture. Depuis la fenêtre de séchage, j'avais une vue d'ensemble et à l'autre bout je pouvais surveiller la maison d'Emaney. Une petite lumière allumée du côté de l'est, c'est tout.

J'ai rangé mes skis, déballé le sac de provisions, mis les peaux de phoque à sécher et croqué une pomme en regardant la grande nuit. La montée avait été rude, j'étais encore tout courbaturé. Une légère angoisse cherchait un interstice dans ma poitrine pour y déclencher un séisme. Espérant me calmer, je me suis mis à lire et à traduire. Faire ça comme un jeu, exercer la concentration. J'avais pris l'habitude de m'infliger des textes difficiles :

« Je » n'occupe pas une position centrale
dans la grammaire, c'est un mot comme les autres.

C'était comme l'entraînement dans un sport. Une autre phrase méritait d'être retournée, assouplie dans tous les sens :

Ce qui peut être montré ne peut pas être dit.

Après quelques minutes, j'ai sombré dans le sommeil, le trognon de pomme lâché sur mon pull de laine.

Emaney, ton nom en boucle dans ma pauvre cervelle.

Personne ne connaît ta personne, Emaney.

DEUXIÈME PARTIE

Si tu veux être belle, casse le miroir !

Alexandre Vialatte

4.
Emaney
(réseaux sociaux)

16 novembre. 12:45 p.m.

Nombre d'entre vous, cher.e.s Suiveur.euses, me demandent si ça me fait peur de vivre seule en pleine montagne. Pas du tout. Avec Éros et Satin, je me sens sécure. Les chiens sont très vifs, joueurs, c'est une qualité des setters irlandais, ils ne demandent que ça, courir en forêt. Efflanqués mais infatigables. Ils perçoivent tout, m'avertissent de tout. Ils se battraient à mort pour moi.

Je poste aujourd'hui un selfie dans mon habitat naturel. Avec mes skis, mes chiens, ma nouvelle robe hivernale taillée dans des vieux pulls de laine, le jupon en coton beige. Et c'était bon, cette première neige sous les skis.

La lumière décroît vite à cette saison. Cette nuit peut susciter bien des angoisses. Je pense alors au soleil invaincu, à l'élan vital qui se prépare en silence. Je vous souhaite un hiver magique ! Quelle joie, vous me validez tant, cher.e.s Suiveur.euses, merci !

17 novembre. 5:30 p.m.

Quand la couture me fatigue l'avant-bras, je me tourne vers le tissage. Le travail manuel est un formidable moyen de trouver la paix. J'ai très envie d'une robe de mariée faite de végétaux séchés pour célébrer mes noces avec le monde naturel. Plusieurs défis m'attendent : créer un patron avec un fil métallique pour donner de l'ampleur aux épaules et aux hanches ; ensuite, trouver des fleurs séchées qui puissent vous plaire, cher.e.s Suiveur.euses, et les tresser dans le tissu ; enfin, attendre l'après-midi, la lumière rasante sur la neige, pour prendre une série de photos.

19 novembre. 7:25 a.m.

Maintenant que j'ai pris mes quartiers, je fais le grand ménage, je me débarrasse des souvenirs qui mangent l'énergie vitale. Pensez-y, cher.e.s Suiveur.euses, ne vous laissez pas submerger par le passé ! Hier, je suis retombée sur les photos de mon arrivée au hameau. Le jour où j'ai commencé à pratiquer le lancer du poignard. La précision de ce geste. L'effilage de la lame comme une ligne d'horizon. Ces forces en mouvement dans mon corps, comment avoir prise sur elles ? Des énergies qu'il faut laisser venir. J'observe mon corps comme une rivière en crue.

21 novembre. 3:33 p.m.

Les photos ne suffisent pas. J'aimerais vous raconter encore, cher.e.s Suiveur.euses, le lancer du couteau, les balades avec les chiens dans la forêt humide, les vêtements nouveaux livrés régulièrement à mes clientes. Voilà le rythme, une fois par semaine se rendre en plaine pour les courses et les paquets à la poste. Cela prend la journée, mais je remonte dans une grande paix. Et je vois que mon compte bancaire progresse.

Il est tôt, je fais des bouquets de fleurs séchées, j'enlève les toiles d'araignées, je sors les peaux de mouton. Chaque matin, je coupe du bois. Il y en a assez pour l'hiver, alors je brûle quelques bûches dehors. Bientôt, le pelage d'hiver pointera sur le dos des chiens. Je sors faire une petite visite aux ânes.

24 novembre. 6:55 a.m.

Le dernier mois de l'année s'annonce avec un vertige de reconnaissance que j'aimerais partager avec vous toustes, cher.e.s Suiveur.euses. Je ne savais pas à quel point je pouvais inspirer d'autres personnes sur leur chemin de vie. À mesure que j'avançais, j'ai constaté que je donnais l'élan à d'autres.

Des opportunités ont jalonné cette année et m'ont permis d'entrer dans un dialogue plus poussé avec vous, cher.e.s Suiveur.euses. J'ai pris le temps de mieux formuler mes envies créatives.

Prendre la parole publiquement n'est pas facile, même dans la vie numérique, mais j'ai acquis des convictions assez fortes pour être partagées. Pour célébrer cette nouvelle étape de vie, j'ai décidé de me faire tatouer le dos.

28 novembre. 11:46 p.m.

Contre la prolifération des bactéries, je commence toutes mes journées par l'aspirateur. Je frotte tables, chaises avec une solution antiseptique. C'est un rituel bénéfique, il vaut la peine d'essayer. Enfin, j'évite les aliments crus. La cuisson facilite la digestion et élimine les micro-organismes. Pensez-y et faites le ménage dans votre vie, cher.e.s Suiveur.euses, et créez ainsi les conditions favorables à la création ! S'épargner certaines tâches ménagères est nécessaire pour se concentrer sur son art.

J'en profite pour lancer un appel : qui de vous connaît une bonne Fée capable de prendre soin de mon lieu de vie, situé dans une zone peu accessible, en pleine nature ? Une personne capable de comprendre intimement mon travail, qui ne déplace pas inutilement les objets, mais efface la poussière et la saleté en toute discrétion. Une demi-journée chaque quinze jours, toute l'année. Réponses en messages privés, tarifs à discuter. Merci !

2 décembre. 11:02 a.m.

Ma pratique de styliste est-elle un art ? Je dirais plutôt, cher.e.s Suiveur.euses, une performance du quotidien où l'addition des gestes techniques contribue à une œuvre en gestation. J'ai trouvé beaucoup de tissus intéressants, des rebuts, mais j'ai aussi cousu, tricoté, crocheté. On va me livrer un petit métier à tisser qui permet de recycler beaucoup de fils colorés.

L'année prochaine commencera avec de grands projets qui se mettent en place en secret. Je vous en parlerai petit à petit, dans mes prochains posts.

Je reçois de votre part de nombreux mots qui me touchent beaucoup. Et pas mal de commandes ! Merci du fond du cœur. Début janvier, je reviendrai avec différents produits que vous pourrez acheter en ligne.

6 décembre. 10:27 p.m.

Il y a quelques jours, à la poste, j'ai discuté avec la factrice qui s'occupe de mes colis. Elle me suit sur les réseaux et avait apporté quelque chose : des dentelles faites à la main par sa grand-mère qui vivait justement au hameau. J'ai observé avec émotion la complexité et la délicatesse de ces pièces, de véritables œuvres d'art. Elles seront intégrées à mes propres créations.

Si vous avez de pareilles merveilles dont vous ne savez que faire, cher.e.s Suiveur.euses, dans les ateliers de couture de vos ancêtres, j'aimerais les mêler aux vêtements que j'invente. Et qui donnent aux femmes l'audace de croire en leurs pouvoirs.

Lentement mais sûrement, les vêtements prennent forme en vue d'un prochain défilé de mode auquel je pense déjà.

9 décembre. 6:47 a.m.

Cher.e.s ami·e·s d'ici et d'ailleurs, vous êtes de plus en plus nombreux·ses, et de plusieurs pays ! Ces derniers jours, j'ai reçu de vous toustes beaucoup de gentillesse. Merci de vos bons vœux d'anniversaire ! À vous que je n'ai pour la plupart jamais rencontré·e·s, je vous dis merci de faire partie de ma vie numérique, de la rendre positive et inspirante.

14 décembre. 7:01 p.m.

Pour la première fois, je vais déposer un dossier d'artiste avec une bourse à la clé. Franchir ce pas provoque en moi une grande anxiété, je l'avoue, mais il est nécessaire. Disposer de temps pour créer, laisser mûrir les projets. Ce sera l'occasion de décrire ma démarche, ce qui motive l'agencement des textures, des matières et des couleurs. Ce qui illustre mon style singulier. Pour celles et ceux qui le souhaitent, cher.e.s Suiveur.euses, je propose un tutoriel en ligne qui vous présente les étapes cruciales d'un dépôt de projet : inscriptions sur mon site, www.style-emaney.com, rubrique « Les Ateliers d'Emaney ».

Il y a quelque chose d'excitant à s'élancer ainsi dans le monde artistique où j'ai tout à découvrir.

23 décembre. 1:04 p.m.

En cette fin d'année, je découvre tout le potentiel des intelligences artificielles (I.A.) pour générer des modèles. Je photographie mes créations, puis je demande au programme de décliner des découpes vestimentaires hors du commun. Si vous saviez, cher.e.s Suiveur.euses, le sentiment vertigineux que cela provoque… Cette ressource me rend particulièrement fébrile et enthousiaste, elle ouvre tous les possibles ! Ce compagnonnage avec l'I.A. permettra la cocréation de vêtements imprévisibles, décalés.

Je travaille avec des patrons préexistants, mais l'offre actuelle est limitée et ne favorise pas l'originalité. Imaginez tout ce que cela va me permettre de faire ! Si par hasard cette aide numérique vous pose des questions ou vous dérange, sachez que cela me trouble moi aussi. J'y réfléchis beaucoup. Mais l'envie d'explorer est la plus forte.

5.
Javerne

Fracasse se faisait des idées, c'était gros comme une maison.

Il vivait par l'imagination, j'en ai vu des gens comme ça parmi mes clients, le réel a trop d'épines. Tant que ça macère dans ta tête, tu as le sentiment de maîtriser les scénarios. Le problème, c'est que la vie extérieure devient pauvre, plate, tu vois plus les obstacles devant toi.

C'est comme s'il avait bu directement à une source empoisonnée…

Il fuyait la plaine industrielle, l'autoroute, les lignes électriques. Pour lui, c'était juste une gaine technique, un lieu inhabitable, innommable. Les gens supportaient ce cauchemar climatisé pour s'épargner le froid et la faim. Parce qu'il y avait toujours de nouveaux produits. La corne d'abondance dans des camions frigorifiques ! Du poisson frais à six cents kilomètres de la mer. Des fruits et légumes du sud disponibles toute l'année, aux étalages. On avait congédié le manque. À quel point c'était littéralement de la magie, personne le remarquait. Les marchandises semblaient descendre du ciel.

Les consommateurs avaient des mains, mais il en sortait rien de neuf, rien de bon, rien de tendre ; ils avaient des cerveaux, mais ils étaient colonisés. En échange de tous ces biens, il fallait alimenter la fournaise, accélérer les rythmes. Se distraire avec des mots et des images sans aspérités. Un jour, ils devraient se laver de tout cela à grande eau (c'est Fracasse qui parle) !

Il avait toujours ce refrain à la bouche, une colère sans fin, comme un type à qui le monde aurait causé un affront personnel. D'après lui, les ânes étaient plus dignes d'amitié que les maîtres de ce monde. J'écoutais sans rien dire.

Il m'interrogeait, je lui ai raconté deux ou trois choses vues. Tout me semblait normal, les rondes d'Emaney avec ses chiens, les heures passées sur son écran, les robes qu'elle essayait en plein air. Je me marrais, est-ce qu'elle avait pas bientôt fini son numéro sur la toile ? *La montagne est tellement jolie* et ainsi de suite, comme dit la chanson. Elle allait continuer à nous vanter longtemps *le bon air des Alpes*, ce truc de curistes, de touristes ? Lui, il notait tout scrupuleusement comme si chaque détail avait de l'importance.

Ça doit être une maladie des écrivains, une sorte de TOC, j'ai lu ça dans les journaux, des gens qui veulent tout contrôler, agir dans un certain ordre, méthodiques à l'extrême. Pour échapper à leurs angoisses, il paraît. Moi, j'évite ces crises par d'autres moyens. En Asie, certains s'éloignent jamais des fumeries d'opium. Travailler, aimer, commercer, cuisiner, tout cela leur semble vain ou douloureux. Finalement, c'est comme passer ses journées au cinéma ou bien la tête dans les romans. J'en connais qui sont accros. De la drogue douce, légale et pas chère.

Évidemment, ça arrange pas mes affaires.

Le fric, c'est une chose et j'ai accepté celui de Fracasse, c'est vrai. Mais j'avais aucune raison de lui faire des confidences. Mes discussions avec Emaney, ça concernait que moi.

6.
Fracasse (journal)

16 novembre.

Il fait beau, il fait cruel.

C'est rare après la Toussaint, à cette altitude. L'été de la Saint-Martin n'a pas duré. La neige est là depuis quelques jours, déjà durcie. Tous les vacanciers sont partis, il ne reste que les vieux, Maïko sur son banc et les ânes dans le pré. Javerne ramène des victuailles à chaque passage au bourg. J'ai pu isoler la porte, ranger du bois. Depuis hier soir, ma caméra est fixée sur une poutre de la grange voisine d'Emaney. Appareil camouflé avec les moyens du bord. Je me passerai les enregistrements en fin de semaine.

17 novembre.

Emaney a installé dans la grande pièce une sorte d'atelier, avec des tissus partout, des patrons, des esquisses sur la table. Sa machine à coudre. Un technicien a travaillé hier chez elle, d'abord je n'ai pas compris ce qu'il faisait, la réponse était sur sa fourgonnette : *Internet à haut débit.*

Elle va marcher en forêt à heures fixes, avec les deux chiens : huit, quatorze, dix-neuf heures, c'est en général son rythme. Lors des sorties, elle emporte des restes de nourriture ou des graines pour les oiseaux.

19 novembre.

Dès le matin, elle dessine, elle taille, elle coud. L'après-midi, elle passe des heures sur son écran. Tous les jours ou presque, elle poste sur les réseaux des images de ses créations. Elle vient de lancer sa propre page, mention *Sponsorisée*. Et cette audace de se donner un nom nouveau ! Ses robes se vendent uniquement par correspondance.

En parallèle, elle tient une sorte de journal en public : ses projets de styliste, sa vision du métier. Un vrai talent. Pas mal de gens la suivent, Emaney. Ce qui est incroyable, c'est qu'elle répond à tous les commentaires, sans exception. Elle y passe des heures.

Quand je vois ses gestes précis, décidés, son élan pour dessiner, tailler, mesurer, j'ai la sensation qu'elle a trouvé sa voie. Elle n'est jamais aussi belle que dans l'action.

20 novembre.

Une vague de rêves. Je suivais des cours à la Sorbonne, le décor était celui d'une église moderne, béton zen entouré de coursives à l'infini. Le public ne cessait de changer de place pour suivre l'oratrice qui, farceuse, gagnait des recoins d'où elle parlait avec des intonations tantôt intimistes, tantôt vociférantes. Je reconnaissais Emaney. Elle fanfaronnait dans des habits excentriques, grimpait sur une échelle puis redescendait à toute vitesse avec des mouvements de danse. Elle affirmait que le bel canto était né en Suisse romande au Moyen Âge et que Paris ne l'avait adopté qu'après coup, par imitation.

— Tiens, la Sorbonne parle rarement des inventions de ce petit pays. À Paris, quand on évoque la Suisse, les gens sont aussi surpris que si on parlait de Saturne.

— Tiens donc !

— Parfaitement, oui, de Saturne...

— Encore un effort et Paris nous imitera dans tous les arts (c'est Emaney qui parle) !

21 novembre.

Me voilà immobile comme une sentinelle pendant une guerre de position. Il n'y a aucun combat, il faut juste guetter et attendre. Si au moins j'étais au clair sur ce que je cherche. Un contact avec elle ? Elle n'y comprendrait rien, sauf si le moment était arrivé.

Cette heure viendra-t-elle ?

Il me faut tirer au clair ce nom nouveau, Emaney. Pour effacer son passé, peut-être ? Elle ne se reconnaît plus dans le regard des gens ? Pour eux, elle était prévisible, achevée. Fille de. Femme de. Mère de. Élevée dans une famille modeste, gamine timide devenue épouse discrète. Aucun espace qui ne soit déjà balisé.

22 novembre.

Tous les jours j'apporte aux ânes des brassées de foin et des épluchures de pommes. D'impatience, ils agitent leurs longues oreilles qui semblent indépendantes l'une de l'autre. Puis, je leur lis quelques pages de bons livres et leur cause de mes projets. Je devine l'approbation dans leurs yeux.

Il me faut prendre patience, revenir à un métabolisme de veille, dénué d'intention ; une pure conscience qui observe et ne s'étonne de rien. Chercher à atteindre cet état. Par exemple, en préparant une orange ou une banane, je veux retrouver le très ancien singe en moi, sa dextérité joueuse, l'empreinte de gestes accomplis depuis toujours.

23 novembre.

M'approcher d'Emaney par cercles concentriques. L'apprivoiser sans l'alerter. Pour le moment, je crois qu'elle n'a rien remarqué. Ce matin, j'ai placé au bord du sentier où elle passe chaque jour plusieurs cairns de pierre qui aident à s'orienter dans le brouillard. Je vais faire de même avec des fruits, des noix. Semer de minuscules indices. Elle ne pourra que les remarquer.

Comment va-t-elle réagir ? À quelle condition perçoit-on dans le décor un signe qui nous est adressé ?

Javerne reste assez évasif à son sujet, alors qu'apparemment rien, ici, ne lui échappe. Il en sait sûrement plus qu'il ne m'en dit. Je dois le cuisiner en le faisant parler de choses et d'autres. Saisir, au-delà du bavardage, la mélodie secrète qui s'impose au moment où l'on a renoncé à comprendre. Sa *ritournelle*.

25 novembre.

Je suis descendu au bled deux jours pour régler quelques affaires, relever le courrier, donner un article sur « La nostalgie » à une revue qui paye bien. Très tard, au retour du bar, ça a été comme une révélation : j'ai enfin accepté la laideur de cet endroit. Les films, les livres, les cartes postales, tout charrie l'image romantique, les Alpes sublimes. Mais depuis longtemps, ce n'est plus qu'un pieux mensonge.

Je parle depuis là, ce fond de vallée bousillé, entre deux falaises. On y vit tout l'hiver à l'ombre comme des taulards, dans une ambiance de station orbitale, le vent qui tourbillonne sans cesse, monte, descend, aspiré par l'étroitesse des parois rocheuses : aubaine pour les véliplanchistes, catastrophe pour les minijupes ! Certains ont mal au crâne toute leur vie, peut-être à cause des lignes à haute tension juste au-dessus des baraques ? de l'usine chimique voisine qui a changé trois fois de nom ? de l'autoroute à deux cents mètres ? de la casse automobile où des grues empilent les cadavres d'acier ? À la maison, on essayait toujours de se causer entre deux trains. On n'existait ensemble que dans le fracas. Notre monde était devenu une usine, on ne pouvait pas l'admettre.

Je parle depuis là, ce couloir géologique qu'il faut traverser pour trouver le soleil en face sud, les espaces d'altitude, les quatre-mille comme des tourtes de mariage. On fonce là-bas dans sa bagnole, vers la grande *nature*, le paradis perdu. Seuls les autochtones sont plantés comme des légumes, vissés aux héritages ils regardent ahuris la fuite en avant, direction le mur... Chacun veut sucer sa part de paysage, de glacier, d'arolle. Sauf que pour voir ça, le rêve *intact*, et chercher si ça ressemble aux cartes postales, il faut d'abord traverser la laideur de cette plaine industrielle, le couloir alluvial parfumé au diesel et aux pesticides. Le fleuve encastré, châtré dans un lit étroit, ce n'est ni l'Amazone ni le Guadalquivir, même si le paludisme a eu aussi son règne, comme les goitres, les consanguinités.

Marre de passer pour les crétins des Alpes ! À nous la vie moderne ! Ici, tout germe, mais pas aussi facilement que dans l'Éden, ça pousse désormais à coups de pesticides, sous serres chauffées au mazout, on vous en livre, pommes et poires, asperges, fraises, abricots, bien avant la saison et par tonnes. Et l'hiver, il faut refroidir tout ça dans des hangars-frigos pour inonder le marché sans interruption.

26 novembre.

Repris ce matin le poème qui m'est venu d'un coup, après les courses en plaine. Sur place, je salue tout le monde mais j'évite les longues conversations. En une heure au bistrot, à écouter attentivement, j'apprends tout ce qui m'est nécessaire.

Magasin

Chaque matin
à l'heure dite
Paulette, Ginette,
Colette, Lucette,
Georgette, Nanette,
passent le seuil
comparent les prix
commentent malheurs
et bonheurs.

Miracle, chorégraphie,
leurs rimes régulières,
leurs violons s'accordent

sans chef d'orchestre
(au pays de la liberté !)
sans pouvoir fort,
ou visible,
qui conduise
leurs conduites.

28 novembre.

De retour au hameau, j'ai repris mon poste d'observation. L'ennui vient, le soir surtout. Pas de télévision, la discrétion forcée, il faut trouver des occupations. Fumer l'herbe bio de Javerne. Tenir ce journal, regarder les étoiles filantes. Penser que, de l'autre côté de l'univers, un gigantesque trou noir avale mille soleils en continu.

Ici, aucune pollution lumineuse. Toute la voûte ressemble à une énorme collision. Si ancienne. Je lis qu'en s'approchant du soleil, les noyaux cométaires constitués d'un mélange de glace, d'eau et de poussières s'échauffent et une portion de leur croûte se sublime – passant du solide au gazeux – et expulse dans l'espace des quantités de grains de silicate. Ces poussières gainent l'orbite de la comète et si la terre s'en approche, elles percutent la haute atmosphère et donnent naissance à la traînée de l'étoile filante. L'entrée des poussières dans l'atmosphère à la vitesse supersonique produit une compression qui enflamme l'air, soudain luminescent.

Fais un vœu !

30 novembre.

J'ai profité de son absence pour entrer chez Emaney. C'est sa journée d'envois postaux, elle est en ville jusqu'au soir. J'ai craint de franchir ce seuil, de laisser une trace ou de faire tomber quelque chose. Surtout ne rien toucher. Juste m'imprégner de son quotidien, de l'odeur qui règne, celle des tissus, mêlée aux fruits séchés sur le poêle, aux orties pour la soupe. J'ai humé le tablier qu'elle porte pour la couture, son oreiller aussi. L'odeur de ses cheveux.

Sur sa table de travail, plusieurs carnets, dont l'un grand ouvert. Une sorte de journal intime. J'ai rapidement photographié les dernières pages, une vingtaine, avant de le remettre exactement à la même place.

Emaney. Personne ne connaît sa personne.

J'ai traversé le hameau en me donnant l'air de flâner. De son banc, Maïko m'a souri pleinement, comme toujours. Son silence attentif donne à ce lieu une sorte de paix.

1er décembre.

Je passe le temps avec des bouquins, ça m'occupe. Ici j'ai emporté plusieurs romans policiers de Simenon, *La Neige était sale, La Maison du canal. Les Inconnus dans la maison* m'a carrément oppressé : quelqu'un parcourt impunément ton domicile, de nuit, mais tu ne sais pas qui, ni pourquoi. C'est l'inconscient qui règne en maître dans les recoins obscurs... Simenon a du flair pour la crise existentielle, le revers des médailles. Sa manière, en apparence très simple, d'installer une situation. J'admire, même si c'est écrit à la chaîne et que le canevas des romans varie peu. Pendant la seule année 1938, il a publié treize romans ! Reste la phrase, sa frappe brève. Avant de dégorger le sens, elle vous atteint par son rythme, par un jeu d'intensités, une façon de se frayer un passage dans la sensibilité. Souvent, cette cadence livre le plus important, l'émotion inconnue, discrète, qui cherche une issue...

Autres lectures, j'essaie de comprendre l'engouement d'Emaney pour les réseaux sociaux. La frontière entre le privé et le public se déplace. Chacun peut rendre publiques ses pensées. Prendre la parole comme on a pris la Bastille. L'intime se répand, on s'invente dans cette voix, on se masque. Pseudonymes, *selfies*, filtres visuels et chirurgie esthétique. La scène étonnante d'un autre théâtre. Je ne sais qu'en penser. Quelles possibilités s'ouvrent !

Mais aussi, une frayeur intuitive.

2 décembre.

Cet après-midi, je me suis endormi, les jumelles à la main, après avoir longtemps regardé vers la forêt. Des rêves sont venus, par vagues. J'entrais dans un cirque tapissé de tentures colorées, profondes. Partout des coussins, des couvertures pour s'installer confortablement. J'étais dans une file d'attente avec d'autres personnes. Un baladin m'a guidé vers le spectacle en cours par ces seuls mots : *Viens voir leur sœur animale*. L'expression me dérangeait, je ne comprenais pas cet être exhibé malgré lui ni ce mépris pour les bêtes. Sur la scène, un homme prenait soin d'une petite fille muette, au visage pâle, aux sourcils très dessinés, sa bouche fine comme une lame. Un visage tout droit venu du théâtre nô. Assis en cercle, on a partagé la chair de fruits que je ne connaissais pas. Le père l'entraînait à faire des mouvements des bras et des jambes, chorégraphie ou exercice kinésique.

À chaque mouvement, la muette émettait des sons, d'abord des gémissements puis une sorte de chant de baleine, rauque et prolongé. La mélodie apaisait ses traits ainsi que ceux du père qui ne la quittait pas des yeux une seconde. *Viens voir leur sœur animale*, avait dit le baladin. Et j'ai reconnu le visage d'Emaney.

3 décembre.

Un cauchemar, cette fois. Toute la famille était assise à califourchon sur la branche d'un grand chêne. J'avais trop de vitalité ou d'impatience, sans doute, tant et si bien que j'ai secoué l'arbre (généalogique ?). Après coup j'en contemplais, navré, les conséquences : mon père s'était cogné violemment la tête dans sa chute ; la table de cuisine renversée, les couverts sens dessus dessous...

Ce doit être l'ennui, ces heures sans rien faire où je ne suis qu'un guetteur. Le corps s'engourdit et la pensée prend toute la place. Ne pas se laisser ensorceler par les mots, les passer au tamis avec vigilance (encore Wittgenstein : *Considère cela comme une manière de faire le ménage*).

7.
Emaney
(réseaux sociaux)

24 décembre. 9:33 a.m.

Vous dire, cher.e.s. Suiveur.euses, que la conversation avec l'intelligence artificielle se poursuit. Quel formidable outil ! Le programme a étudié toutes mes créations et maintenant il dessine de lui-même. Je n'ai qu'à définir puis modifier les critères. Il analyse aussi les affinités entre les matières textiles, leur résistance, etc. Parfois cela donne lieu à des patrons déconcertants. Mais je ne néglige pas, à mes pieds, la plus extraordinaire source de savoir qui soit, la Nature et son répertoire biocosmique sans limites. Par exemple, les feuilles que j'ai mises à sécher sont devenues si minces que leurs nervures traluisent. Une mine de sujets décoratifs, pour mettre en valeur le filigrane. Dans la forêt, je récolte d'autres trésors, je puise à même les forces terrestres et souterraines.

Ça me détourne de plus en plus des gens, mais je sens que cette rupture s'impose. Malgré l'épreuve d'être isolée. Quand on a trouvé sa voie, on ne craint plus de déplaire aux autres.

24 décembre, 11:59 p.m.

Vous avez compris, je pense, que comme tout le monde, il m'arrive de souffrir de solitude. Les angoisses ne m'épargnent pas, je dirais même que c'est une lutte de chaque jour.

Ma maison est cernée de sapins enneigés. Le toit de tôle déverse à chaque tempête une armée de glaçons sur les façades, j'ai l'impression d'habiter le château de la Belle au bois dormant.

Et qu'un interdit magique me sépare des autres.

25 décembre. 6:58 a.m.

Misères d'internet... Plus de 600 faux profils (en quelque sorte des virus numériques) se sont abonnés à mon compte *Image* ces derniers temps. C'est un vrai fléau actuel. Pourtant, je n'ai jamais acheté des utilisateurs ou quelque chose du genre. J'ai payé, une fois, pour qu'un compte de stylisme très suivi partage un de mes vêtements, et depuis, c'est la catastrophe.

Même si j'ai des partenariats promotionnels, je ne suis pas obsédée par votre nombre, cher.e.s Suiveur.euses. Ce qui m'intéresse, c'est d'engager un dialogue avec tous les gens curieux d'un renouveau de la mode. Non seulement les faux profils ne permettent pas ça, mais ils nuisent à cet objectif. C'était d'ailleurs mon but en partageant des images : aller à la rencontre de véritables personnes inconnues de moi, via un compte qui les rassemble.

26 décembre. 2:45 p.m.

Une nouvelle encourageante : j'ai trouvé une application pour nettoyer mon compte de tous ces suiveur.euse.s numériques indésirables, mais seigneur, cela coûte vraiment cher. Bien que j'adore ses possibilités en création d'images, l'I.A. a d'immenses défauts, je le découvre à mes dépens.

28 décembre. 9:32 p.m.

Depuis le début du mois, j'offre chaque semaine des sessions de formation : réussir une robe, choisir ses tissus, décorer son intérieur... Sachez, cher.e.s Suiveur.euses, que c'est toujours un moment grisant pour moi. Pour répondre à vos besoins, je vais dispenser des formations sur le processus de création.

Dans ce domaine, il ne faut pas vouloir contrôler entièrement le résultat, mais au contraire tirer parti du hasard et de l'imprévu. Pour moi, un tel abandon est difficile, je l'avoue.

Tout se fait en ligne, donc où que vous soyez, vous êtes les bienvenu·e·s. Cliquez sur mes photos pour accéder à tous les détails.

31 décembre. 11:59 p.m.

Une grande année à toustes, cher.e.s Suiveur.euses ! La beauté soit avec vous ! Je vous souhaite d'incarner chaque jour la version la plus lumineuse de vous-même.

Petit rappel : dimanche prochain, j'offre la formation *Styliste et auto-entrepreneuse*, essentielle surtout dans le contexte actuel où chaque créateur·ice doit diversifier ses activités. Au moment où il faut multiplier les projets et les sources de revenus pour vivre de son art, cet atelier propose un temps d'arrêt pour réfléchir et déterminer un plan d'action à court, moyen et long terme. Pour un prix correct, je donne à chacun·e des outils entrepreneuriaux afin d'atteindre ses objectifs. La formation est tournée vers l'écosystème de la mode, mais je l'ai souvent donnée à des groupes pluridisciplinaires. Si vous êtes un·e artiste d'un autre domaine, n'hésitez pas à vous joindre à nous ! Inscriptions et tarifs en messages privés, merci !

3 janvier. 6:50 a.m.

Que je vous explique, cher.e.s Suiveur.euses, la *théorie des trois cercles* appliquée à toutes mes créations : si vous voulez faire connaître un produit et le vendre, il faut d'abord convaincre un premier cercle restreint, composé de critiques professionnels et de personnalités influentes. Ceux-ci vont répandre l'information dans un deuxième cercle élargi, un public aisé et connaisseur. Voilà des gens qui vont porter une robe unique dans des occasions mondaines (soirées, premières, fêtes, etc.). Ils servent d'écho pour habituer un public élargi à ces formes qui connaîtront alors des déclinaisons à meilleur marché. C'est le troisième cercle.

Toute mode résulte d'une accoutumance, qu'elle soit visuelle, gustative, olfactive, tactile ou auditive. Cette théorie vaut dans bien des domaines. Je la développe plus en détail sur mon site, voyez l'onglet *Parcourir les trois cercles*[2].

---

[2] J'avoue ne pas savoir si le marché de la mode s'est calqué, historiquement, sur celui du livre ou l'inverse. Vaste question qu'un roman ne saurait résoudre.

6 janvier. Les Rois. 2:30 p.m.

Suite aux questions de Suiveur.euses sur la gestion de certains réseaux sociaux par des I.A., je tiens à préciser ici même que je réponds personnellement, et sans aucune prothèse informatique, à toutes les demandes sur mes créations.

C'est un article du *Los Angeles Times* qui, semble-t-il, a alerté certain·e·s d'entre vous. J'en reproduis quelques extraits pour me distancer clairement de ces procédés :

Los Angeles, 28 décembre.

Grâce à l'intelligence artificielle, Caryn Marjorie, jeune influenceuse, a créé un clone d'elle-même pour répondre aux nombreux messages de ses fans et créer des liens « personnels » avec chacun d'eux. Ces nouvelles manières de communiquer avec ses abonnés laissent craindre de nombreuses dérives, s'inquiète l'American Media Council dans un communiqué. Le « clone d'intelligence artificielle personnalisé » est un pari de Caryn Marjorie, suivie par deux millions de personnes au quotidien sur une plateforme de messagerie bien connue. Une immense communauté difficile à gérer, explique la jeune femme dans un entretien à *Fox News* : elle reçoit en effet entre 100 000 et 500 000 messages par jour. CarynAI, le double virtuel de l'influenceuse, est donc programmé pour répondre à ces demandes. Pour un dollar la minute, les fans que Caryn Marjorie n'aurait pas eu le temps de rencontrer peuvent chatter avec son double numérique. Celui-ci a incorporé les avis, goûts, préférences et même les principaux traits de caractère de son modèle, stylisé pour la circonstance. Caryn présente cette IA comme un « compagnon de vie » qui permet à ses abonnés de « nouer une relation intime avec elle ». Non contente d'avoir désormais ce précieux adjoint virtuel, Caryn a lancé un service haut de gamme qui permet de réserver une interaction « avec la vraie Marjorie de l'autre côté de l'écran ». Chaque message déposé sur la plateforme dédiée FanFix, et demandant une réponse « réelle », est facturé sur une base de cinq dollars et ensuite comptabilise chaque seconde consacrée à sa rédaction. Selon *Fox News*, Caryn gagne d'ores et déjà 10 000 dollars par jour en moyenne et compte « engranger cinq à dix millions de dollars avant la fin de l'année. » L'American Media Council met en garde contre ce type de pratiques, qui ont pour seul but selon ses investigations de « garder les gens en ligne le plus longtemps possible, pour maximiser le profit des influenceurs ».

9 janvier. 6:25 a.m.

Mais oui, cher.e.s Suiveur.euses, c'est bien moi, Emaney, en chair et en os, même si j'arrive jusqu'à vous par câbles et signaux lumineux !

Vous connaissez Frida Kahlo, j'en suis sûre. C'est particulièrement sa garde-robe qui m'inspire. J'observe les agencements textiles et la démarche quotidienne de cette artiste. Voilà une femme qui a fait de sa vie une œuvre d'art ! Elle transforme la douleur en performance artistique tapageuse et colorée. J'y vois une forte résilience.

J'observe et dessine certaines orthèses qu'elle portait après l'accident de la route qui a failli lui coûter la vie.

Frida transformait ses corsets de plâtre en œuvres d'art et les magnifiait. Elle n'a été amputée qu'à la fin de sa vie, mais a toujours dû composer avec ses douleurs. Voici deux de ses bijoux, l'un en or, l'autre en argent.

10 janvier. 9:01 p.m.

Comment vous dire mon affinité avec Frida ? Difficile de parler de la sororité ressentie avec une icône mondiale. Évidemment, en aucun cas je ne prétends à la reconnaissance dont elle jouit, et je ne veux pas non plus l'imiter. Dans son rapport au corps, aux vêtements, à la créativité de sa vie même, certaines choses font écho à la manière dont je construis la mienne. J'en reconnais les beautés, les élans solitaires, les mécanismes mis en place pour faire face au réel.

Une façon obstinée de tenir la souffrance en lisière.

Je n'ai pas expérimenté le centième de ses douleurs, mais je comprends que la création permet de construire autour de soi un monde sur lequel on a prise. La pulsion de le rendre aussi beau que possible, aussi lumineux, coloré, magique que possible, le fait de vivre dans un lieu créé pour soi et qui n'est pas astreint au réel le plus banal : voilà une façon de faire face de manière positive à la brutalité de l'existence.

11 janvier. 5:04 a.m.

Ces derniers jours, j'ai testé plusieurs fois la régulation du quotidien et son effet sur mon anxiété. Car j'ai besoin non seulement d'habitudes, mais de gestes ritualisés. À ce propos, certains parlent trop facilement de troubles psychiques. Pourtant, après des années d'exercices, je contrôle bien la situation. Quand je dis *rituels*, il ne s'agit pas seulement d'aspects religieux ou magiques, mais surtout d'actes quotidiens. Ils sont une façon de relier ma temporalité humaine avec la grande Histoire. Je suis ouverte à tous les exemples que vous voudrez bien me partager, cher.e.s Suiveur.euses.

Par exemple, l'autoportrait photographique fait partie pour moi des cérémonies bénéfiques : c'est une manière de marquer un âge précis et de s'octroyer certains traits vocationnels. Cela passe par les déguisements, les bijoux, les coiffures, les tatouages.

Dans mon métier de styliste, la caféine joue un grand rôle. Elle favorise grandement l'idéation. J'ai mis en place un classement des divers cafés selon leur acidité et leur puissance. J'applique la méthode Kondo, d'après une Japonaise. La catégorisation multicritères occupe mon esprit et me procure un sentiment d'ordre et de paix.

12 janvier. 10:37 p.m.

En révisant mes patrons de couture, j'ai décidé de renforcer et d'agrandir les poches de mes robes. Plus besoin de sac à main ou de sac à dos qui vous meurtrit les épaules ! Ça n'a l'air de rien, ou seulement d'une petite excentricité supplémentaire, mais je vous assure, cher.e.s Suiveur.euses, c'est un outil à la fois esthétique et fonctionnel. Je me sens très apaisée après avoir fini cette tâche.

Une page de mon site vous offrira bientôt des conseils vestimentaires : un dialogue personnalisé avec les client·e·s, selon leur morphologie, leur humeur, leur porte-monnaie. Je peux leur redonner un sentiment de confiance. Et de puissance. Trois magnifiques personnes sont déjà intéressées à être accompagnées dans leur vie créative et cela me comble de joie. Quel vertige et quel soulagement d'avoir imaginé une forme de coaching à mon image !

Savez-vous pourquoi je me sens aujourd'hui capable de transmettre mes savoirs ? Parce que longtemps, j'ai erré dans le désir des autres. Et maintenant, j'ai reconnu le mien !

13 janvier. 11:58 p.m.

Aujourd'hui, journée consacrée à mon press-book : réalisation d'autoportraits pour lesquels je pose vêtue de mes créations. À cette occasion, j'insiste sur la fusion entre les tissus, le corps et la forêt. Déployer cette sensation de porter des branches et des feuilles comme une seconde peau. Avec ma robe la plus audacieuse, j'ai également posé près d'un âne.

Voilà pour la couleur locale !

Cet animal incarne pour moi la patience, l'obstination et la nature la plus charnelle. Il broute, brait et bande sans se soucier du regard d'autrui. Sa grâce bestiale échappe à toute mise en scène. Son image, il s'en contrefiche ! Les photos accentuent le contraste entre nous deux : la culture la plus raffinée face à la nature la plus immédiate.

14 janvier. 1:55 p.m.

Je vais être honnête, cher.e.s Suiveur.euses, j'ai hésité à partager ces images de moi dont je vous parlais hier. Je sais que les transparences et la nudité voilée dérangent certaines personnes, mais il faut fêter notre corps unique. Et je ressens fortement qu'il faut permettre à d'autres femmes de le faire aussi. C'était bon d'éprouver la douceur des aiguilles de mélèze et la caresse des sapins. De m'adosser au tronc puissant et rugueux du pin pour sentir sa force et en capter les vibrations.

15 janvier. 4:56 a.m.

On m'informe que des collègues proposent une formation complète de druide en quatre jours. Chacun ses choix, mais je ne vous y encourage pas. Il suffit de plonger en soi pour retrouver le sacré. Accordez-vous une fête sensorielle dans l'odeur des conifères, cher.e.s Suiveur.euses, fermez les yeux et songez que vous avez été, il y a des millions d'années, des animaux de pur instinct dans ce paysage qui vous dépasse. Vous savez, je pense, combien je suis sujette aux angoisses ? Eh bien, il me suffit de m'abandonner à la forêt, et le calme revient peu à peu.

Je vous invite de toute ma peau à célébrer votre corps et tous les possibles qu'il vous offre. De mon côté, je me suis immergée dans mon enfance, celle des jeux en forêt et des contes cruels. N'oubliez pas combien le retour à la sauvagerie est précieux...

8.
Javerne

En traînant sur le Web, je voyais qu'Emaney postait beaucoup sur les réseaux. Ça m'intéressait peu ces trucs de modistes, et j'aime pas l'idée de *suivre* qui que ce soit. Aucun plaisir à faire le guet. Si j'allais y voir de temps en temps, c'était parce que la femme des réseaux ressemblait de moins en moins à celle du hameau. On aurait dit une autre personne. Est-ce que son métier exigeait à ce point de s'inventer un personnage public ? Ou si tout simplement elle avait un goût prononcé pour elle-même ? Peut-être qu'à la longue, elle devenait dépendante de ses Suiveur.euses ? En tout cas, la voilà comme moi prisonnière de son petit commerce.

Mais comment faire quand la marchandise, c'est soi-même ?

Je publie presque rien sur les réseaux, en tout cas rien de personnel, ils servent pour garder les contacts, partager des séries télé. Rester invisible, ça me va bien. J'ai un monde à moi et ça suffit. Récemment, j'ai essayé de me souvenir des moments heureux de l'été dernier. Il reste quoi de toute une saison, si on prend la peine d'y penser ? Le souvenir a fusé d'un coup : j'allais donner de l'herbe aux ânes, l'enclos avait été bien brouté, l'herbe se faisait rare. Juste avant la forêt, je leur cueillais du trèfle et du sainfoin par grands bouquets. Fallait voir comme ils se régalaient ! Cet échange muet, l'arôme des plantes, le soleil sur le pré... Un pur bonheur physique, sans raison et sans but.

Pour le reste, j'ai l'habitude des mornes journées. Au hameau, j'assure l'ordinaire, disons que je tiens la baraque, toujours dehors, toujours à la tâche. Les gens ont besoin de mes services et moi de leurs commandes. Après avoir fendu le bois, pris soin des chemins, jardiné, purgé la source, tondu les gazons, je n'ai personne à serrer contre moi. Ici pas de belle dame qui mord, pas de Lady Chatterley qui s'emmerde à l'alpage...

Je vais pas bluffer, la compagnie d'Emaney me plaisait bien, mais jamais je me serais comporté comme Fracasse. Lui avait tout de même un sérieux problème, pas besoin d'un psychiatre pour le constater.

Il avait beau avoir fait les pires études, ça l'a pas aidé dans sa vie privée. C'est le moins qu'on puisse dire. Rien que sa timidité maladive avec les dames ! Le samedi soir en sortie, il buvait de l'eau gazeuse et causait pas aux nanas. Ou alors il dissertait sur les grands auteurs, du genre Rousseau et autres. *L'Origine de l'inégalité* et tout le tremblement. Ça emmerdait le monde. Aujourd'hui, on dirait de Fracasse qu'il est autiste, un truc comme ça, on aurait des termes précis. Toutes ces soirées disco où je le vois encore seul sur le banc, à attendre que ça passe.

Ça s'est pas arrangé avec l'âge. Les diplômes, les prix, les interviouwes, tout ça, mais une fois de retour au pays, plus rien de flamboyant. Il tournait en rond, ruminait des poèmes que personne voulait lire. Les livres qu'il collectionnait, c'est comme une digue derrière laquelle il s'accumulait, pour ainsi dire.

J'ai toujours pensé qu'un jour tout ça allait craquer.

Alors rien d'étonnant qu'il se soit accroché à Emaney, qu'il ait tout bâti dans sa tête, à sa façon bien à lui. Peut-être le choc d'apprendre qu'elle s'était réfugiée dans ce hameau abandonné ? Attentif à ses moindres gestes, il a dû croire qu'elle annonçait l'imminence de la fin des temps. Et ces masures à l'abandon qui sentent l'impasse, la dernière douane…

Jusqu'à mes sept ans, j'ai cru à la *fin du monde.* Tout le monde en parlait naturellement, sans effroi, comme d'une révélation à l'improviste. Personne y pouvait rien, ça nous dépassait, Dieu, ses voies impénétrables et tout ça. L'événement final nous surprendrait n'importe quand, comme la *bonne mort* accordée au vrai fidèle, au milieu d'un jeu de marelle, dans la salle de classe ou en cueillant les groseilles. Il y avait pas de quoi s'inquiéter, tout était prévu, il s'agissait juste de se tenir prêt et propre, si possible. S'être confessé récemment constituait un avantage certain ! L'aveu nous blanchissait comme des draps parfumés de lessive. On serait *cueillis par les anges à l'heure encore ignorée de la parousie*, disait Monsieur le curé. Jésus une fois revenu, tout serait apaisé, infini, sans douleur. Mais personne savait vraiment l'heure. Il y aurait des *signes*. Je les guettais dans le ciel d'orage, le mot d'une voisine ou les images du journal. Les parents, les ancêtres, les frères et sœurs, tous seraient réunis *au ciel* dans une famille élargie. On s'engueulerait plus pour l'héritage de la vieille tante.

À la longue, Emaney m'a surpris par un va-et-vient entre assurance et fragilité. Certains jours, elle passait sans saluer, les yeux perdus à ses pieds, la mâchoire crispée. Je me demandais si elle traînait pas de sacrés problèmes. D'autres fois, elle s'adressait à moi toute jubilante à propos de ses projets grandioses. Elle avait repiqué grâce à une nouvelle création ou à sa vocation de coach, qu'elle disait. Je savais plus sur quel pied danser. Ce mélange d'institutrice austère et de star exhibitionniste. Heidi devenait plutôt *trash*. Est-ce qu'elle existait vraiment quand elle était pas la styliste ? Quand elle pavanait pas devant ses Suiveur. euses ?

Je me suis souvent demandé ce qui restait d'Emaney une fois retournée dans les coulisses.

9.
La Gazette des Alpes, 17 décembre

Hier soir au Casino-théâtre, les modèles de la collection Emaney® ont défilé entre quatre tours de six mètres faites de vêtements usagés. Ces tonnes de fringues, issues de la *fast fashion* et produites par des couturières du Bangladesh, seront la matière première de sa prochaine collection, a déclaré la styliste. En effet, Emaney n'utilise que des tissus recyclés, donnant vie à un vestiaire pop, entre *streetwear* et *workwear.* Linges éponge, denim *second-hand,* pièces de cuir, anciens tricots, feuilles séchées, corne de chamois, tout y passe, même du papier biodégradable à trame épaisse. Du défilé lui-même, on retiendra une image singulière qui en dit long sur l'univers de la styliste : un mannequin, installée devant un banquet (bougies, plats et bouteilles) s'est levée de table, entraînant avec elle toute la nappe, dans un chaos très calculé : la longue pièce de tissu n'était que la traîne d'une robe aux teintes tantôt grèges, tantôt gris-garnison, réalisée en patchwork de *tricots grand-mère, made in the Alps.* Saisissante image d'une mode durable désormais centrale, faite à partir de matériaux préexistants, souvent ordinaires, dans la plus pure tradition de l'*upcycling*. Des pièces souvent unisexes, très identifiables, tissus damassés et collerettes de gaze avec coutures inversées. Au final, des airs de *do it yourself,*

Les clientes raffolent de ces choix formels, la dimension organique, la féminité âpre et malgré tout romantique. « Le cœur est, chez la femme, la zone érogène la plus sensible », nous a confié l'une d'elles.

Née dans un milieu modeste, Emaney (on ne sait pas qui se cache derrière ce pseudo) a d'abord été vendeuse dans une boutique de prêt-à-porter avant de se lancer en solo à la suite d'une « rupture existentielle » dont elle ne dira rien de plus. Son inspiration, elle la doit beaucoup aux magasins Emmaüs qu'elle fréquentait étant enfant. Méthodique et exigeante, elle déteste déléguer les tâches et avoue son besoin de contrôle sur toute la chaîne de fabrication et de diffusion. Savamment discrète, mais très présente sur les réseaux, la styliste ne souhaite pas en dire plus sur son atelier – il se chuchote qu'elle l'a installé dans une vallée reculée – et vend l'essentiel de ses produits en ligne. Apparemment, elle vit seule, affligée d'une hypersensibilité qui la force à ce retrait.

10.
Fracasse

L'autre jour, Javerne fumait devant sa grange, le regard perdu dans les mélèzes où se chamaillaient deux gros geais. Une fois encore, c'était dimanche et l'éternel retour devenait carrément lassant. La saison nue laissait voir les six étages de terrasses céréalières avec leurs murs à demi écroulés jusque tout en bas vers un coin nommé *Les Couronnes*, là où commençaient les falaises. Jadis, ces champs avaient nourri tout le hameau. Maintenant, il ne manque plus que des archéologues pour se demander comment les gens ont pu survivre à cette altitude.

Javerne est arrivé dans un monde en ruines, pour ainsi dire trop tard. Plus personne ne sait comment réparer ça et lui, en tout cas, n'en a pas la force.

Il a fini par se douter de mon manège, ces détours que je faisais pour ne pas être vu, les cairns dressés au bord du sentier, la petite caméra vissée dans l'angle mort d'une poutre.

— Ça joue pas en ta faveur, d'être pareillement obsédé. Tu vois bien qu'elle veut voir personne.

— Alors d'après toi, je dois renoncer ?

— Tant qu'elle sentira que tu la cherches, elle va fuir. C'est un réflexe de base, très animal. Des signaux en absence, ce serait mieux.

— Ah bon ! Et on fait ça comment, tu m'expliques ?

— Lâche un peu de lest, elle viendra au moment où tu attendras plus rien…

Je lui ai rendu son joint et suis parti vers la lisière de la forêt, j'étais furax. C'était de ma faute, j'avais commencé à lui donner du fric pour qu'il me rapporte les allées et venues d'Emaney pendant mon absence. Il faisait ça bien, j'étais informé dans les grandes lignes, mais avec le temps, Javerne finissait par se sentir concerné.

Et il commençait à s'en mêler…

Emaney s'absente environ quatre jours par mois. Depuis sa retraite au hameau, elle s'est fait un nom dans le métier. Un premier défilé à la fin de l'automne, suivi de reportages dans la presse. Tout le reste passe par les réseaux sociaux : sa garde-robe, tissus, matières, couleurs, à la demande du client.

Presque tous les soirs, je passais vers Javerne pour me tenir au courant. On fumait, il déversait ses histoires, souvent je devais le freiner. Sur la drogue, pas un seul mot, mais sur tout le reste…

Il s'est rendu à la Fête des Ânes, la kermesse du village voisin. Eh bien, il a été surpris de ne pas m'y croiser !

Voilà son genre d'humour, toujours piquant. Il raconte aussi les séries télé visionnées sur son portable, les rebondissements, les dilemmes. Les personnages englués dans le doute.

Il vit tout ça par procuration.

Dans sa tête, il est assez peuplé, Javerne, pour un type toujours seul dans ce coin perdu. Avec le temps, il prend de l'épaisseur, il a une âme faut croire. Sous peu, il va devenir une personne, pas seulement un figurant en arrière-fond de ma vie. Est-ce que je dois le craindre ? [3]

Tu connais l'histoire du poète de la falaise ? Laisse-moi te raconter ça (c'est Javerne qui parle). Des personnes présentes, mon voisin Simon était le plus jeune. Douze ou treize ans au moment des faits. Et le seul encore vivant. Un jour, il m'a demandé un coup de main pour faucher son pré en pente, son dos lui faisait mal. On a travaillé ensemble tout le matin. Une fois les foins à l'abri, il a servi un verre devant la maison, sous le parasol. Et là, l'année de ses quatre-vingts ans, Simon a raconté…

---

[3] Javerne était à l'origine un personnage secondaire donnant la réplique à Fracasse. Après réflexion, j'ai accepté qu'il occupe de plus en plus de place.

Ils étaient plusieurs à avoir remarqué un promeneur, un jour de l'automne 1941 ou 1942 ; l'année précise lui échappe. Les gens vaquaient à leurs travaux dans le hameau. Le type est arrivé de la plaine, en tout début d'après-midi. Sac au dos, chapeau de feutre, chaussures militaires, appuyé sur une canne ferrée aux motifs d'edelweiss. Dans les trente-cinq ans, rien de notable, ni l'allure ni les traits. Il disait venir depuis les Lacs, par le train puis à pied. Amateur de montagne, il écrivait de la poésie. Dans la vallée, avec ses crêtes escarpées, il cherchait l'inspiration, je sais plus si Simon a employé ce mot. Le marcheur connaissait pas cette vallée étroite, il a aperçu le hameau posé au sommet de la falaise, loin de tout, comme refusé. Il a dû essayer les mots *merveilleux* ou *sublime*, puis se lancer dans un éloge de l'alpe. Les autres l'ont écouté avec curiosité, murmurant dans leur patois un peu moqueur. Puis quelqu'un (Simon savait plus très bien qui) lui a indiqué le sentier à flanc de montagne vers le hameau suivant. Un tracé suspendu, peu marqué, filant sous de petites cascades et que les vaches suivent en été. Avec leur panse large et douce, les bêtes frottent lentement la falaise. Elles se faufilent. Simon a peut-être plaisanté sur le peu de place à disposition pour croiser ! Et le type est reparti, sac au dos.

Imagine les commentaires à rallonge sur le poète de la ville accoutré comme un touriste. À quelques centaines de mètres du hameau, il a dévissé sur le versant nord de la falaise, près de la Rigole. Là où la cascade mouille le sentier, la roche usée devient glissante. Maladresse, inattention, enthousiasme, un faux pas est si vite arrivé.

En écoutant Javerne, j'ai imaginé les dernières pensées du poète en herbe cheminant en toute innocence, tournant et retournant ses vers. Les rimes riches devaient sonner particulièrement bien ce jour là. Au soleil couchant, le ciel prenait la teinte de la gelée de coings. Le type n'a tout simplement pas regardé où il posait ses pieds. La mort l'a saisi par surprise, alors qu'il venait de noter une belle image, savourée *in extremis*:

Je n'ai eu que les épines de ta rose
et pourtant, même sans ton cul,
je sais que j'ai vécu
pour quelque chose.

La famille inquiète de son absence a alerté la police le lendemain matin. Le corps n'a été retrouvé que deux jours plus tard, dans un sale état. Les chamois l'ont vu et le lynx, les renards. C'est exactement ça, on croit marcher seul, en forêt, mais des dizaines d'yeux vous observent. Pour eux, vous voilà tantôt un danger, tantôt une proie ! Les gens du hameau ont regardé passer, en sens inverse, le brancard porté par quatre volontaires. Les questions prévisibles des gendarmes ont précédé les brèves réponses en patois. Une version des faits à plusieurs voix s'est stabilisée, vaille que vaille.

Tant de détails notés au passage du poète, me suis-je dit, c'est saisissant. Et à mesure qu'on colporte cette histoire, les versions s'allongent, les images s'encastrent et parfois se contredisent. Chacun y ajoute son grain de sel (sauf le poète, cette fois muet pour de bon). Tout devient à nouveau incertain ou simplement multiple et chatoyant. Ce besoin de faire tenir les choses ensemble, comme un raccommodage...

Javerne a continué à parler. D'après lui, Emaney mijotait quelque chose. Elle parcourait la forêt de nuit avec les deux chiens. Depuis toujours, des originaux ont trouvé refuge ici, loin du jugement des hommes. Elle déposait des restes de nourriture à des endroits précis. Parfois, elle portait un fusil en bandoulière. Il l'avait aperçue sur le pré en pente enroulée dans une grande cape, esquissant des gestes très lents. Ça ressemblait à une danse. Une fois qu'elle l'a eu repéré, elle avait tout de suite cessé les gestes et fait semblant de ramasser des pives.

Elle ne cherchait pas le contact, à part le petit bavardage de voisins. Sa seule visite régulière, celle d'un vieux type un peu artiste tenant, en ville, une galerie de photos. Tout le monde lui dit Boksay, ça doit être un sobriquet. Javerne ne se souvient pas de son vrai nom. Le vieux reste toujours une nuit, une seule. À l'aube, il s'en va. Les jours de visite, le chalet est éclairé toute la nuit à la bougie.

Un soir que la voiture du vieux était garée devant chez elle, je me suis faufilé entre les chalets. *It's now or never*, ai-je fredonné pour me donner du courage. Mes mains tremblaient d'excitation, peut-être de peur. Juste cette lumière vacillante de bougie, aucun mouvement en apparence. J'ai fait le tour du bâtiment, cherchant une petite fenêtre au nord, une sorte de meurtrière que j'avais repérée. J'ai attendu le temps qu'il fallait pour que mes yeux s'accoutument. On pouvait voir dans la chambre par la porte entrebâillée.

Emaney était sur le lit, absolument immobile, comme si elle dormait. Une grande ombre glissait, lentement, contre le mur. C'était le vieux, tout habillé, le visage en sueur. Avec d'infinies précautions, il caressait la femme couchée sur le ventre. On aurait dit qu'il ne devait la déranger à aucun prix. C'était comme une cérémonie, les gestes réguliers dans le cou, le long du dos, des fesses, jusqu'aux talons, puis reprenant au sommet de la tête, dans les cheveux, le cou, les omoplates… Ce sont des gestes d'impuissant, me dis-je, mais il s'agit bien d'un lien charnel.

Je me suis souvenu que Javerne traitait Emaney d'icône du porno-capitalisme. Le costume folklo, les tresses, le lait tiède ? Les robes tissées de feuilles, les vestes et les capes endossées sur l'alpe, juste pour la photo ?

— Ouvre les yeux, bon sang, tu vois pas qu'elle les porte sur elle, ses troubles manteaux ?

Je n'ai rien répondu.

— Et puis, dans le bouquin, Heidi couche pas avec le grand-père !

Javerne avait toujours exagéré, ce n'est pas moi qui allais le changer.

— Elle est pas belle, Emaney, elle est pire…

C'est la première fois qu'il ricanait de telle manière. Derrière ses mots sales, lui aussi devait la désirer en secret.

L'émotion m'a saisi devant cette scène en clair-obscur. Malheureusement, je n'étais pas peintre. Je me suis contenté de regarder le vieux galeriste qui réinventait l'amour avec les mains. Dans une lenteur et un silence remarquables. Je me suis souvenu d'un roman japonais. Un vieil homme mélancolique payait juste pour caresser la peau de courtisanes pendant leur sommeil. Chaque geste avait la ferveur d'un rite. La plus grande distance et la plus troublante proximité. Entre deux êtres aussi éloignés que certaines planètes.

Est-ce que le vieil homme craignait le regard sur son corps décati ? Avait-il vergogne des désirs persistants après que les glandes ont cessé de sécréter ? Voulait-il épargner à une femme encore jeune l'humiliation de cet étrange appariage ?

11.
Javerne

Pendant ces mois au hameau, Fracasse m'a souvent tenu la jambe avec ses angoisses d'écrivain. Il avait plus d'inspiration et se sentait foutu. Assez vite, ça m'a soûlé, ces râles de plumitif. Je savais pas trop que dire, ce monde-là m'échappe. Allez mon grand, tu vas y arriver, lâche pas la patate, etc. Mes encouragements se limitaient à ça.

Il a fini par s'inscrire à un groupe d'écriture animé par un scénariste, dans un hôtel du côté des Lacs. Les gens devaient *pitcher* un roman et parler de leurs sources d'inspiration. Lui, il admirait énormément William Faulkner, l'ivrogne dont toutes les histoires se passent dans un trou perdu du Mississippi (c'est Fracasse qui parle). Le scénariste a renâclé, Faulkner était un auteur illisible, ses adaptations au cinéma avaient fait des bides considérables. En aucun cas on ne pouvait en faire un modèle ! Et il a repris son exposé sur les secrets d'une intrigue palpitante, la succession des pics dramatiques.

C'est alors que Fracasse a compris qu'il y arriverait jamais. Qu'il préférait se perdre dans les hautes herbes plutôt que suivre l'autoroute à péages. Il était comme le sous-préfet aux champs d'Alphonse Daudet, le personnage préféré de notre instituteur. Le seul extrait du livre de lecture qui me reste en mémoire ! On en apprenait de grands bouts par cœur et on riait comme des bossus.

En habit de gala, le sous-préfet se rend au concours régional de la Combe-aux-Fées pour faire un beau discours. Il fait très chaud sous le soleil du Midi et, tout par un coup, il repère un petit bois comme une promesse de fraîcheur. Il fait arrêter les chevaux et va méditer son propos dans la chênaie. Quand ils l'aperçoivent, les oiseaux cessent de chanter, les sources se taisent, les fleurs par pudeur se referment ! Enfin, un rossignol les apaise : le sous-préfet leur fera pas de mal, c'est l'homme le plus pacifique au monde ! Alors, sources, fleurs et oiseaux reprennent leur train-train, empêchant joyeusement le sous-préfet de préparer son discours. Ne le voyant pas revenir, le cocher et les gens de service s'alarment. Des heures plus tard, ils le retrouvent, couché sur le ventre, débraillé, composant des vers une marguerite à la bouche…

C'est exactement ça : Fracasse écrit au gré de ses lubies sans souci d'arriver à destination. Pour le dire plus crûment, le genre de gars qui aboutit pas.

12.
Fracasse

Poème anonyme, déposé sur le rebord de la fenêtre d'Emaney:

Styliste

Que soit
velours ou satin,
tisseuse

Que soit
tissu ou soie,
ravaudeuse

tu es l'autre
qui dessine, taille et
toujours reprise
nuance sur nuance,
car

personne ne connaît ta
personne

Que soient
les beaux draps
la couture et l'accroc
pli sur pli

tu es l'autre,
car
personne ne connaît ta
personne.

13.
Javerne

Arrivé à l'angle de la grange, j'ai remarqué, camouflée derrière un fagot, la petite caméra braquée vers le chalet d'Emaney. Il faisait une bise terrible et les feuilles mortes volaient en tous sens. On allait vers la nuit, le froid et une fois la sève retirée des plantes, j'avais plus aucune envie de vivre. Chaque année je le prends en pleine face, le désastre de cette saison. En passant, j'ai rendu à Maïko son grand sourire muet.

J'avais nettoyé les ruches tout l'après-midi, avant de réparer les hausses. Une grosse récolte fin juin, encore quelques rayons remplis fin octobre. Comme souvent, pas mal d'abeilles égarées ou mortes, mais la ruche était pas en danger. À chaque fois, j'ai une sorte de gêne à leur voler ce miel pour le remplacer par un sirop incolore. Il paraît que les abeilles s'en aperçoivent pas. Comment le savoir, d'ailleurs ? Elles continuent simplement leur travail d'instinct et elles râlent pas. Tout au plus elles se montrent un peu agressives les jours suivant l'extraction. Elles ont bien travaillé au printemps, et c'est nous qui raflons leur butin par la ruse.

L'espèce humaine est peut-être la plus bizarre de toutes. Elle a perdu le sens de ses limites. C'est assez magique une ruche, la patience accumulée. J'ai pensé à Emaney, affairée, trônant en reine dans son atelier, cousant, découpant, mesurant pendant des semaines une robe de soirée unique destinée à la femme d'un promoteur ou d'un gastro-entérologue. Celui qui sonde les culs, aujourd'hui, génère de l'or en proportion. C'est la récompense des temps maudits.

Et ce con de Fracasse qui imaginait Emaney en belle ouvrière toujours en guêpière. Il la tenait, sa courtisane inaccessible ! Moi, elle me faisait penser plutôt à la reine-mère des ruches, palpitante, immobile et aveugle. Pas une colonie ni une usine, plutôt une machine perfectionnée à elle seule. Fracasse aussi inventait toutes sortes d'images pour expliquer ses écritures. Lui, c'était pas le miel mais les confitures. Le suc à recueillir et transformer ; l'eau à éliminer ; les arômes à exaspérer durant la cuisson ; la pectine épaisse. Tout ça pour justifier, j'imagine, le temps passé sur ses carnets. J'avais pas autant d'inspiration que lui, je suis juste voleur de miel (de père en fils) et revendeur de poudre aux yeux.

Fracasse l'épieur connaissait les habitudes d'Emaney à l'atelier, ses sorties avec les chiens. J'ai pensé, pauvre con, tu peux pas toucher, alors tu veux voir ! Tu bandes par les yeux, espèce de cérébral, va ! Ça m'a rappelé un été d'adolescence quand mes cousines venaient pour la semaine. Celle de mon âge, déjà très formée, sortait qu'en robe courte et rouge aux lèvres. À l'heure de sa toilette, je m'agenouillais à la serrure pour la voir devant le miroir, les jeunes seins gonflés, frais, la toison clairsemée. Aucune issue, juste le spectacle. Celui-ci est resté incrusté dans mon cerveau bien mieux que si j'avais pu l'approcher. Je crois qu'elle se doutait de ma présence.

Un jour où Fracasse était en plaine, j'ai sorti la carte mémoire de la caméra et l'ai copiée dans mon portable, avant de la remettre en place. J'ai pensé que lui et moi, on allait visionner les mêmes séquences à la nuit tombée, quand les vivants se comptent aux rares cheminées qui fument. Une seule image, mais des yeux, des cerveaux différents. On devait pas voir la même femme, c'est clair. Je la trouvais belle, bien sûr, Emaney, mais sans attente. Juste des échanges banals entre voisins soucieux d'éviter le malaise. Peut-être parce qu'on avait tous les deux trop de choses à cacher ?

Ça m'étonne pas que des gens viennent se réfugier dans ce coin perdu. Il attire les inquiets, ceux qui ont plus confiance dans le cours des choses. Depuis que j'ai fait mon apprentissage de maçon, à quinze ans, j'ai pensé ça. Je devrais vivre à l'écart. Les lois, ça serait pour moi que des obstacles. Dans ce pays, ceux qui adhèrent pas à la religion officielle, le tiroir-caisse, le Veau d'or et tout ça, ils valent moins que rien.

Les phrases figées dans les journaux, j'y comprenais rien. J'ai dû les vomir une à une, mon intérieur était empoisonné. Pendant des années, j'ai quasiment plus parlé. L'âne bâté, domestiqué, broutant sans révolte et sans espoir, c'est juste bon pour Fracasse et son sentimentalisme craintif. Moi, je suis retourné vers les bêtes sauvages. Au hameau, j'ai gardé seulement les mots qui avaient pas encore pourri. Le strict nécessaire.

Parfois on faisait la conversation, Emaney et moi. Quand j'ai rentré les derniers regains, elle est venue me questionner. Elle photographiait ma faux qu'elle trouvait très décorative. Et même évocatrice, qu'elle disait. Il fallait lui expliquer le coup de reins et le mouvement circulaire avec le bras. Elle tâtait longuement la rugosité de la pierre à aiguiser. Écraser délicatement le tranchant de la lame avec un marteau, l'enchapeler comme on dit, elle avait jamais vu ça. Elle m'interrogeait sur la source d'eau potable, l'entretien du réservoir communal. Plus personne savait remonter les murs en pierres sèches, purger la source. Les gestes de survie s'étaient perdus. Grâce à moi, le hameau restait habitable (c'est Emaney qui parle).

Les gens se méfiaient de moi, me trouvaient marginal, bizarre, mais ils avaient besoin de mon aide. Le confort de tous dépend de ceux qui travaillent de leurs mains. Tâcheron, dans un lieu aussi perdu, ça devait me convenir. « Essentiel, mais invisible », voilà comment cette princesse de la mode parlait de moi et de mes basses besognes !

14.
Emaney ; Javerne

— Alors voisine, que racontent les chiens aujourd'hui ? Ils ont l'air farceur…

— Ils griffent le seuil en couinant, sortir, toujours sortir, dehors il y a tant d'odeurs. De vrais folaches. Souvent, ils s'enfuient pendant deux ou trois heures.

— Et après, ils reviennent d'eux-mêmes ?

— L'appel de la gamelle, oui, mais la tête basse…

— Ils s'appellent comment ?

— Éros et Satin.

— Quoi ? Éros et Satin ?

— Oui, l'amour des tissus, des textures, des matières.

— Justement, étonnante cette robe, c'est ta nouveauté ?

— Un prototype. Je la teste en marchant. L'ampleur, le poids, le tombé, tout ce qui doit convenir aux clientes…

— Paraît que ça marche bien pour toi. Mais ça doit pas être facile de vivre seule dans ce trou perdu ?

— Oh tu sais, habiter avec quelqu'un, ça accroît souvent le sentiment de solitude.

— Et la ville te manque pas ? Pour les contacts du boulot, les boutiques de mode, la presse…

— Il y a la solitude, oui. Disons que, grâce aux réseaux sociaux, j'ai quand même une espèce de vie…

— Dis donc, c'est pas la joie, *une espèce de vie…*.

— Non, j'en suis là, c'est tout.

— Tous ces succès, ça doit attirer les faux amis, les affamés ?

— Tu parles des lourdauds qui pelotent les filles en soirée ?

— Je voulais juste dire que tu dois pas manquer de prétendants.

— C'est que tu vois ça à travers les journaux, les photos, mais en réalité, c'est moins exaltant.

— Tu veux dire ?

— La mode, c'est pas un monde paisible, les gens veulent s'imposer, faire pâlir leurs concurrents. Un défilé, ça vaut une guerre de positions…

— Mais au moins toi, tu crées du nouveau. Tu as laissé derrière toi une petite vie sans surprises, tu existes maintenant…

— Question de point de vue. Toi aussi tu crées, tu nourris l'imagination de tes clients…

— Oui, bon, là c'est un peu tiré par les cheveux…

— Ça m'a coûté très cher ce lâcher-de-mari. Et tu crois que ça m'a amusée de laisser les enfants ? Passer pour un monstre d'égoïsme, c'est pas enviable.

— Vrai que c'est rare, les femmes qui laissent leurs mômes…

— J'avais pas le choix, j'ai bien failli étouffer dans cette cage-à-gosses ! J'étais en train de crever à petit feu…

— Nom d'un chien comme tu dis ça… t'as pas peur des mots…

— Tu préfères une version lisse, bien menteuse ?

— Moi, la seule femme que j'ai aimée m'a largué sans prévenir pour un autre type.

— Et tu as réagi comment ?

— Sidéré, d'abord je ressentais rien. Et puis un jour je l'ai croisée dans la rue avec son nouveau mec. Ils étaient chaleureux, rayonnants. J'ai eu l'impression que ma vie sans moi passait sur le trottoir d'en face…

— Accompagne-moi en promenade, tu veux bien ? On est trop seuls par ici.

15.
Boksay

Après tout ce qui s'est passé là-haut, j'ai essayé de comprendre.

Emaney était en train de s'ensauvager. Faire de sa vie une œuvre d'art, rien d'autre ne comptait. Elle avait déjà trop tardé. Un mariage raté, des années passées au foyer avec la charge des gosses, l'impression de s'être sacrifiée. Petit à petit, elle avait quand même pris de l'assurance. Mais elle ne savait pas se ménager. Quelque chose m'inquiétait, je n'aurais su dire quoi. Comme si elle était en équilibre au sommet d'une falaise.

La première fois que je l'ai remarquée, c'était à un anniversaire, dans une faune assez variée. Justement, elle se tenait un peu en retrait, elle observait. *Ravissante*, j'aime bien ce mot français, elle m'a littéralement enlevé. Ce curieux mélange de détermination et de réserve. Je me souviens d'avoir pensé : ce n'est pas qu'elle ignore le doute, mais elle a appris à le dissimuler.

Je suis venu de Bulgarie il y a plus de quarante ans, fuyant le régime politique après une solide formation en photographie. Dans ce pays, on m'a bien accueilli car ici, un destin anticommuniste est nimbé d'héroïsme. Le soir, je faisais la plonge dans un restaurant, puis j'ai rapidement proposé des stages de photo. C'est là que j'ai rencontré ma future femme, Alicia, dont le père, notaire, gérait la Chambre immobilière. J'étais bien plus âgé qu'elle, je crois qu'elle m'a trouvé artiste, exotique, dissident. Être *dissident* vous conférait une aura quasiment sexuelle à l'époque.

Sa famille m'a rapidement intégré, *digéré* même, après une brève période de réserve. En installant sa précieuse fille dans un bel appartement rénové, le père m'a donné les clés de son milieu. Il suffisait d'adhérer au parti libéral et, dans cette petite ville, toutes les portes s'ouvraient. En échange, vous deviez protéger le réseau des relations privilégiées, élire ses représentants municipaux et vous taire sur les passe-droits. J'ai ainsi obtenu un atelier à petit prix, une première expo dans la galerie d'une amie d'Alicia (couverte, bien sûr, par le journaliste du coin) et l'année suivante une grosse commande pour agrémenter les couloirs du poste de police. D'autres commandes ont suivi, une série spirituelle en noir-blanc dans la nouvelle chapelle funéraire, puis des portraits grand format pour égayer un cabinet médical. J'étais lancé.

Deux ans plus tard, j'ai ouvert ma propre galerie, où j'exposais Alicia et ses amis photographes de la région. Les enfants sont nés, je parlais désormais le français avec un accent qui semblait plaire. Restait mon nom, comme un drôle de bouton sur le nez. Au début, Alicia m'exhibait en trophée, l'artiste venu du froid, le type qui avait courageusement rejoint *le pays de la liberté*. Puis le quotidien a pris le dessus, les chicanes d'héritage ont proliféré et les enfants sont partis étudier ailleurs. Lentement, le poison du mécontentement a fait son œuvre. Alicia a demandé le divorce.

Depuis là, ma situation s'est dégradée. J'ai pu garder la galerie, en donnant plus de cours du soir, mais la clientèle s'est éloignée. Dans le réseau du notaire, on m'avait débranché… On me demandait encore des portraits de première communion, des photos de mariage, mais l'engouement pour mon travail avait cessé.

Au moins, j'étais libéré de ces gens pour qui l'art sert avant tout à décorer leurs résidences secondaires.

16.
Emaney
(journal)

31 décembre.

L'année se termine, ici tout est bloqué par la neige, mais l'internet fonctionne et mes habits continuent à se vendre. Quelqu'un dépose toujours des fleurs et des fruits sur la fenêtre nord du chalet. Javerne est trop bourru pour un tel geste. Il ne parle que par détours, se moque de ma passion pour la vie à la montagne. Quant aux vieux du coin, ils ont d'autres passions. Maïko, peut-être ? Si repliée en elle, insaisissable, je ne crois pas. Pourquoi pas un promeneur ou un sportif à l'entraînement, il en passe régulièrement.

Si j'ai toujours mes insomnies, je découvre qu'écrire ce journal m'apaise. Parce que je le fais pour moi seule, sans penser au public, sans souci de m'adapter.

1er janvier.

Je me suis levée tôt et j'ai traîné longtemps dans l'atelier, une couverture sur les épaules, pour me préparer à exister.

Cette nuit, rêvé à mes enfants, j'étais déchirée. Et partager le chalet avec un homme, ça me soulagerait peut-être, après tant de solitude ? Mais qui voudrait de ce lieu austère ? Il y a cinq ans, dans une fête de mariage, j'ai revu un copain de collège, qui m'avait attirée à l'époque sans que j'en dise rien. Il n'osait pas m'approcher, peut-être, nous sommes restés sur un non-dit. Quand on s'est retrouvés à cette noce, des années plus tard, j'ai compris qu'il avait bel et bien gardé quelque chose de moi. Surprise qu'il ait tant de plaisir à me revoir. « Je me souviens bien de toi au collège. Je te trouvais si intelligente et mûre ! »

Et moi qui aurais tout donné pour entendre : « Je n'ai jamais oublié ton cul spectaculaire, j'en étais dingue ! »

2 janvier.

Insomnies à nouveau, à cause de cauchemars qui s'enchaînent : dans la forêt, un inconnu souille mes robes et les brûle ; ensuite, assise devant un miroir, je ne me reconnais pas... J'ai vu pour la première fois un loup, une nuit de décembre, au bas des terrasses céréalières. Un choc, une émotion aussi. Depuis, il est entré dans mes rêves : il m'observe silencieusement à l'orée de la forêt, il gratte à la porte.

Les arbres avancent, à la suite des buissons pionniers, aulnes, vernes, bouleaux. Puis les sapins se multiplient. On dirait une armée, très lente, mais très sûre de ses positions.

Le propriétaire des ânes m'a dit que si on ne luttait pas un jour prochain les arbres crèveraient le seuil des maisons, dans leur obstination silencieuse. Ici, les gens considèrent la tronçonneuse comme une arme défensive.

4 janvier.

Toujours les angoisses, par vagues.

Hier, j'ai dû nettoyer tout le chalet avant de retrouver mon calme. L'impression d'être intoxiquée par ce qui reste dans les murs. Déchiré plusieurs croquis. La seule chose qui m'a centrée, c'est de tirer le tarot. Mais j'ai dû recommencer plusieurs fois, avec la crainte d'avoir oublié les règles.

Difficile de trouver les mots pour ça, c'est comme si ma personne s'en allait en miettes.

Ces jours, j'ai négligé les commentaires de mes client·e·s. Impression de perdre pied. Aucune tranquillité intérieure n'est possible avant d'avoir répondu à tous leurs messages... Marre de devoir me vendre en permanence.

Depuis quelque temps, je sème des couennes de lard de la forêt jusqu'aux abords des chalets. En deux semaines, il me semble que le loup s'est rapproché (à moins que ce ne soit un renard ou un lynx). Est-ce que j'arriverai à le photographier ? À l'apprivoiser ?

Je lis des articles sur le pistage du canidé. Pour repérer ses traces, on doit marcher avec le nez à hauteur de sa truffe, se mettre à sa place, là où il se glisse dans les sentes, là où il urine. Voilà une bête d'une discrétion absolue, quasiment invisible, même si un marcheur passe à trois mètres, en plein jour.

6 janvier. Jour des Rois.

Et si je me mettais à chasser ? Coudre des peaux de bêtes à mes robes, ce serait surprenant. Un peu de *gore* dans mon assortiment. Boksay m'a apporté un 22 Long Rifle avec lunette de visée. Il dit que c'est un fusil de gosse, avec ses cartouches fines, très pénétrantes. Bonnes pour le petit gibier. Ce n'est pas tirer qui me gêne, mais de devoir ensuite saigner et vider. Les mains dans les entrailles chaudes, l'odeur, l'œil figé de l'animal.

Abondance du gibier, ici, surtout en hiver. Il y a si peu de passage que les bêtes entrent dans le hameau pour finir les choux et les raves dans les jardins, croquer les pommes tombées. Vers les terrasses céréalières, les sangliers laissent de profonds charruages. Je les entends la nuit. Une fois, j'ai voulu m'approcher d'eux. Ils m'ont chargée, j'ai dû courir comme une folle pour me mettre à l'abri.

7 janvier.

Je veux une robe aux motifs animaliers en écho à mes tatouages. Un crâne de cerf avec ses grands bois. Une sorte d'extension par l'art, au-delà de mon corps. Le modèle est un dos-nu, il faudra que le tatouage soit bien visible.

J'envisage une performance en trois temps, à réaliser absolument seule. Elle ira ensuite vers le public par des relais variés (photo, vidéo, texte). Et peut-être en ouverture d'un défilé ?

Évidemment, il y a des difficultés, toutes les tâches doivent se dérouler dans un certain ordre. Un rituel précis. Premier temps : créer la robe de laine blanche à l'atelier. Deuxième temps : y coudre des chablons en dentelle noire aux formes de la biche et du cerf (le motif du tatouage). L'attache doit rester lâche pour que les dentelles vibrent dans le vent. Troisième temps : ainsi vêtue, je me filme immobile dans la neige vierge, de sorte qu'on ne voie aucune trace de pas autour de moi.

L'image doit frapper tout de suite : comment a-t-elle pu arriver là sans fouler la neige ? Quelque chose comme la *haute solitude*. Aspect magique à soigner de près, forêt profonde, femme-sorcière, etc. Ensuite, je me mets à courir dans le pré vers les lisières (une image sur fond de hauts sommets, de neiges éternelles). Comme si j'échappais à un loup ? Avancer dans la pureté, libérée de toutes entraves. Incarner véritablement ma personne !

Avec ses larges poches gonflées par le mouvement, ma robe doit exprimer l'aisance, le confort, une sorte d'envol : le choix d'une vie nouvelle, les retrouvailles avec le féminin.

Penser à choisir le bain musical adapté à la vidéo ; demander aux client·e·s. de partager et répondre à tous leurs commentaires.

Un grand doute, pourtant : si je maîtrise mon image et chaque détail de mes créations présentées en ligne, vais-je m'apaiser ou bien est-ce l'angoisse qui gagnera du terrain ?

8 janvier.

L'autre soir, Boksay a reconnu que la situation n'était pas confortable pour lui, même s'il vient très peu chez moi. Je ne supporte plus tout ce qui me rappelle la vie commune. C'est vrai que la présence de Boksay deux jours d'affilée me pèse, il perturbe mes tâches. Ma pensée. Ma discipline horaire très précise.

Difficile pour lui, si j'ai bien compris, de côtoyer une femme qui déborde de partout. Mon image publique de styliste le gêne. Ce souci de communiquer personnellement avec tous mes client·e·s. La place croissante prise dans ma vie par toutes ces activités. Il me trouve centrée sur moi et se sent traité « comme un meuble ».

C'est à cause de son âge, peut-être ? Ou parce qu'il ne croit pas suffisamment à mes projets ? Peut-être suis-je simplement trop lâche, trop prudente, incapable de prononcer le mot *amour*.

9 janvier.

Cette fois, tout est immobilisé sous la neige. Descendre au bourg, c'est une expédition. Il y a trois cascades de glace à passer, j'ai besoin d'un pic pour creuser les marches qui s'effacent d'une semaine à l'autre.

Comme si des obstacles magiques me séparaient du monde...

Je vais limiter les déplacements jusqu'à fin février. Et pourtant, ces trajets me font du bien. Quand je dois y renoncer, l'angoisse en profite pour s'étendre. Sueurs froides de perdre des client·e·s. Qu'on ne s'inscrive plus à mes ateliers payants. Qu'on ridiculise mon image en ligne. Surtout, ne pas alimenter ces peurs.

Enfermée dans le chalet, je tourne en rond, je grignote sans arrêt, la faim me poursuit. Ces derniers jours, avoir le ventre plein est devenu une sensation insupportable, alors je me fais vomir tous les jours. Dans les minutes qui suivent, je me sens calme mais ça ne dure pas.

10 janvier.

J'ai vu l'écrivain public rôder dans le hameau, et l'autre jour, il causait longuement avec Javerne. Je fais celle qui ne remarque rien sinon, avec ce dingue sur les bras, je ne serais jamais tranquille. Des années qu'il me tourne autour à distance. Quand on était ados, il posait sur moi ses yeux de poisson frit, sans dire un seul mot. Il en devenait gênant. Comme un animal, je me fige pour ne pas attirer l'attention.

Tous les matins, les corneilles planent en cercle au-dessus de mon chalet, c'est funèbre. Elles cherchent des miettes, des épluchures, des insectes morts. Durant la nuit, elles rejoignent les falaises.

11 janvier.

Hier soir, je commençais à me sentir fébrile à cause du type qui m'observe, Fracasse. J'ai eu besoin de parler à Javerne. D'abord, il a eu l'air embarrassé et puis assez vite il a vidé son sac : les manœuvres de Fracasse, son obsession de guetter mes allées et venues ! Enfin, j'ai vu la caméra fixée sur la poutre...

Colère et peur, je me sens abusée.

12 janvier.

Peut-être est-ce de la jalousie, ou alors Javerne veut simplement me protéger du voyeur ? De ses messages indirects semés comme des petits cailloux. Comment prendre Fracasse à son piège ? Émettre des signaux comme lui. Il a dû remarquer les visites régulières de Boksay. Et s'il soupçonnait Javerne de s'intéresser à moi ? Cela changerait la donne.

Lui faire comprendre qu'il ne tire pas toutes les ficelles, ici...

Après qu'il a craché le morceau à propos du dingue, j'ai emmené Javerne dans une grange abandonnée. Il manque tellement de compagnie féminine qu'il m'a suivie sans rien dire, fébrile et honteux comme un adolescent.

13 janvier.

Javerne ne connaît presque rien à l'amour physique, à part le vieux jeu de ficher sa queue en plein dans la cible. Pour le reste, l'essentiel, j'ai dû le guider comme un gamin timide. Il n'a jamais eu d'orgasme prostatique et cette première fois lui a fait vraiment peur. Dans la torpeur extatique, il marmonnait que j'avais des doigts fins, comme des pattes d'araignée. Qu'ils étaient vénéneux. Ensuite, il s'est montré très froid à mon égard, j'ai senti qu'il paniquait, qu'il refusait de laisser place à la moindre émotion. Il s'est refermé sur lui-même. On lui a toujours dit que se faire prendre, c'est un plaisir de pédés. Un homme, c'est impénétrable, d'après Javerne c'est la femme qu'on fourre. Bien sûr, l'âme virile demeure elle aussi impénétrable !

Le mâle ne dévoile jamais ses émotions, gardant son sang-froid pour le combat contre les prédateurs. Tout sentimentalisme devient une dangereuse faiblesse : la bête saisirait l'occasion pour l'écorcher vif. Javerne ne renonce jamais à cette vigilance sauvage.

Je vois les choses tout autrement : sortir le corps de sa gangue, mettre en branle tout ce qui s'est figé. Parfois, un orgasme secoue tellement tout l'organisme (comme une électrocution) qu'il relance le devenir. Remet à zéro les croyances et les routines.

« Amour », quel mot vague tant qu'on n'a pas compris cela.

17.
Boksay

C'est quand la belle-famille m'a lâché que j'ai réussi mes meilleurs montages photographiques. Dans un atelier de mécanique sur fond d'huiles minérales, j'ai fait poser une jeune femme au décolleté pigeonnant, penchée avec attention sur un piston dénudé. Cette *Madone des garagistes* a été maintes fois reproduite depuis lors[4]. J'ai perdu peu à peu la clientèle la plus traditionnelle, mais les entrepreneurs libéraux appréciaient mon audace. Des centaines de membres de l'Automobile Club ont commandé la version grand format.

Des années après, alors que j'étais découragé et vieilli, la rencontre avec Emaney m'a donné un nouvel élan. Elle a tout de suite voulu regarder mes planches contact, comparer les prises. Nous avions

[4] La *Madone des palefreniers* (1606) du Caravage fut retirée de la basilique Saint-Pierre neuf jours après son installation, à cause d'une poitrine trop généreuse. À ses yeux, les garagistes sont les palefreniers du présent: eux aussi exigent leur image dévote.

de longues discussions sur le point de vue, le cadrage. Elle me suivait dans les enquêtes photographiques. Comme styliste, elle avait développé un sens aigu du décor et de la mise en scène. Elle savait ce que c'est qu'une image, toute son épaisseur cachée. C'est la première fois que je partageais mes travaux avec une interlocutrice aussi aguerrie.

Elle a voulu examiner les clichés de mes débuts, ceux où la technique n'est pas sûre, où la main tâtonne, les possibles artistiques sont encore épars, bruts. Par exemple, les portraits que j'avais faits de mes parents avant de fuir la Bulgarie. Je savais que je n'emporterais que ces images d'eux, les dernières. Un jour, il me faudrait me contenter d'elles pour meubler ma mémoire. De telles prises de vue exigent un soin particulier, le geste en devient presque sacré. Si je pouvais me payer le luxe d'avoir encore un passé, pensais-je, il serait minimal, peu encombrant. La condition expresse pour bâtir une nouvelle vie dans ce pays.

Emaney m'a aussi montré son album de famille. La succession des visages depuis des décennies, les expressions semblables, les enfants, les jeunes mariés, les patriarches empâtés puis ridés, les veuves impassibles, cette lente déchéance déroulée devant des paysages toujours identiques, la même montagne, la même forêt, la même rivière. Elle était fascinée de voir s'affaisser les traits des visages, s'éclaircir les chevelures et se dénuder les crânes devant l'intacte montagne pointue comme un volcan éteint, devant l'éternelle forêt toujours bruissante (c'est Emaney qui parle).

Dans le décor immuable, les vivants lui semblaient se dissoudre sur place, comme dans un film en accéléré. Par bonheur, l'appareil photo permettait de fixer cette rude vérité. Elle n'en perdait pas son mordant, mais au moins on avait l'illusion de la dominer par le geste et la pensée.

C'est à un vernissage que j'ai aperçu pour la première fois Fracasse. Bien avant de connaître Emaney. On m'a dit que c'était le poète local ; qu'on le voyait rarement en public ; qu'il était imprévisible et fuyant. Il avait écrit un texte pour l'exposition d'un ami. Des photos macroscopiques de matières naturelles, bois, pierre, eau, prises dans la gravière du Cambèze. Des paysages miniatures, très contrastés, aux couleurs singulières, que l'artiste proposait de *lire* comme les paysannes déchiffrent le marc de café. Dans le catalogue, Fracasse avait bien tenté de décrire les photos, mais cela restait assez plat malgré toute une digression sur la gravière du Cambèze, son nom exotique, l'intimité du son et du sens. Ça en devenait tout à fait obscur. Cette rêverie le séparait des autres, il en était captif. En fait, les mots n'ont rien de commun avec l'expérience du regard, bien plus entêtante qu'eux. Tout au plus, ils s'efforcent d'en traduire quelques bribes.

On s'est à peine parlé, j'ai croisé Fracasse plusieurs fois ensuite, sans plus. Bien sûr, j'ai lu un ou deux de ses livres, mais ses questions égocentriques, le jeu de la mémoire, les ancêtres, tout ça m'a vite lassé. Je sais pourtant encore un de ses poèmes par cœur, à force :

Soir de chien

Non, il n'est pas à moi, ce caniche au bout de la laisse,
que ma femme m'envoie promener
tous les soirs,
touffe pileuse à frêle empattement,
aux yeux inquiets de proie sans défense,
n'importe quel piéton pourrait l'écraser
par mégarde.
Et elle a voulu l'appeler Flocon
à cause de la couleur !
Non, il n'est pas mien, ce caniche
que ma femme m'envoie promener
tous les soirs,
c'est son fils, je le sais, mais je ne suis pas le père.
Il a d'elle plusieurs traits,
finesse de la démarche, élégance du pelage,
pour le reste c'est un chien, et je n'ai pu
m'attacher à lui.

Emaney disait que Fracasse la suivait de loin, traînant au hameau comme un désœuvré, semant des petits cailloux comme le gamin du conte. Je crois que Javerne l'avait mise en garde. Mais aucune peur, pourtant, elle n'a pas pris Fracasse au sérieux. Un type pénible, mais inoffensif. *Words, words, words.*

Emaney et moi avons la curiosité en commun et le besoin d'ajouter quelque chose à ce qui nous entoure. Représenter le torrent qui entraîne tout, le présent fractionné qu'on ne capte jamais tout à fait. Faute d'attention ou à cause d'un trop-plein de stimulations. Mais on peut le ressaisir après coup et pour tout dire, trop tard… Même si on flotte en surface comme des bouchons de liège, une infime part reste en notre pouvoir, ridicule ou vain, peu importe. Photographier ou coudre, il y a peu de différence, ça nous fait juste exister par deux fois.

Ses robes comme mes photos sont un supplément de monde posé *en travers* du courant. Mais qui voudra grimper sur ce radeau ?

Après toutes les crises qu'elle a surmontées, Emaney veut tout essayer, ne rien s'interdire. Son plus cher désir, devenir une artiste inspirante, dispenser beaucoup de formations. Elle marche sur un gouffre, mais n'a pas dit son dernier mot.

18.
Emaney à Boksay

De : emaney.style@gmail.com
Date : January 8 – 16:33 (GWT)
À : bickels.andrei@gmail.com
Objet : mise au point

Mon cher,

Ton aveu, l'autre soir, m'a fait réfléchir. C'est vrai, je suis assez rigide sur les horaires et le déroulement de mes tâches. Vrai aussi que le métier m'absorbe presque entièrement. Mais tu le savais dès le départ, non ? C'est un poids pour moi de penser que tu en souffres.

Sais-tu ce que ça veut dire de dépendre tout le temps du regard des autres ? Je dois en permanence me contrôler, m'adapter, chercher à plaire. Les avis divergents des Suiveur.euses me plongent dans le doute chaque semaine.

Je passe mon temps à lutter contre les crises d'angoisse, et dans ces moments, je dois rester absolument seule. C'est vital.

Quand on s'est rencontrés, tu voulais comme moi mener une vie indépendante, hors des habitudes de couple. Vivre séparément, se retrouver autour de projets précis. Même nos corps ont su garder cette distance judicieuse. Je ne connais pas de plus grande paix que ces moments où tu caresses ma peau avec tes mains. Tu n'entres pas, tu restes en surface. Tu es prudence, attention, précision.

Je me sens infiniment aimée *dès que les mots cessent.*

Il me semblait que cela t'apportait la même paix. Que ce lien presque télépathique surpassait tout. Je m'illusionnais ?

Il faut que tu comprennes, c'est ainsi, je ne t'ai pas caché mes choix de vie. Tu connais les maximes qui me guident ! L'une d'elles d'ailleurs t'avait beaucoup amusé (*Une femme sans homme, c'est comme un poisson sans bicyclette* [5]). Où diable est passé ton humour ?

Du calme, Boksay, laisse-moi un peu d'espace. Prenons le temps d'en parler à ta prochaine visite.

Je te serre dans mes bras,

E.

---

[5] Ce slogan, Emaney m'a dit l'avoir vu épinglé sur la porte d'une amie féministe.

19.
Fracasse
(journal)

6 janvier. Les Rois.

Il n'y a plus grand monde ici, et peu de confiance. À part les petites conversations, chacun se terre à cause de la haute neige. Maïko doit séjourner en plaine, chez son tuteur, jusqu'à la réouverture de la route. Les ânes ne quittent plus l'écurie. Emaney sort peu, l'atelier de couture semble à l'arrêt. Finies les parades à la dernière mode, dans le pré.

J'ai remarqué un fusil sur son balcon.

Il n'y a qu'une heure trente de soleil par jour, c'est alors qu'on se promène. Le seul rituel commun, pour faire un peu société. Capter les rares rayons, ne pas s'étioler tout à fait dans cette vallée-frigo. Dans cette morosité, mes écritures sont en panne, je me contente de petites commandes, de lettres d'amour par procuration ou de dénonciations à l'autorité (surtout les querelles de chambre à lessive). Période creuse dans tous les registres.

7 janvier.

Même le gibier a disparu, les bêtes furtives qui en automne broutent sans gêne aux portes des chalets. Elles demeurent en forêt ou cherchent à descendre vers la plaine, là où la neige est moins épaisse.

Javerne, lui, parie sur l'immobilité absolue, il stagne parmi ses rêves en poudre. Il se noie dans les séries télé qu'il raconte ensuite à sa façon. Son langage ! Je ne sais pas s'il faut en rire ou en pleurer.

De plus en plus méfiant avec moi, je trouve. Est-ce qu'il me juge ? Quelqu'un lui a-t-il raconté des salades à mon sujet ?

8 janvier.

Je monte moins souvent au hameau, juste deux jours par semaine. Difficile de chauffer la grange, une vraie passoire à courants d'air. J'essaie d'écrire sous une couverture avant d'aller, le soir, relever la carte mère de la caméra. Les images défilent sans surprise, toujours identiques. Emaney ne sort que pour faire courir les chiens l'après-midi. Son visage assombri, inexpressif.

Sans les ânes du voisin, tout est encore plus affreusement désert. Leur silence placide, leur solide appétit, leur quasi-immobilité me rassurent. Ils savent bien qu'on peut pérorer à l'infini, il ne restera rien de nos mots. Eux en sont très économes. Ils endurent tout sans commentaires, la météo changeante, l'herbe de piètre qualité, la barrière électrifiée. Un exemple de stoïcisme qui doit servir à ma réforme.

9 janvier.

À dix-sept ans, quand j'ai commencé à *écrire*, dans ma cambrousse, au fin fond du canton, je ne savais pas ce qui m'attendait. Les écrivains du pays, résignés au froid et à l'isolement, avaient hérité de l'austérité réformée et du fatalisme catholique. Ils étaient aussi frugaux et persistants que la tulipe du Groenland qui, acclimatée à une terre ingrate et presque déserte, parvient malgré tout à y fleurir pour personne.

Je me suis lancé pourtant dans le milieu littéraire. Et puis il y a eu les émissions de radio du côté des Lacs, ma bobine dans les journaux, comme celle des repris de justice ! Personne n'y connaissait rien autour de moi, surtout pas mes vaillants parents semi-prolos, cueilleurs de fraises avant l'usine. Un jour mes voisins ont commencé à dire, *On te voit plus souvent à la télé qu'en vrai...*

Fier d'être l'écrivain public, bon sang, mais aussi j'en souffrais. Et encore, c'était qu'une petite gloriole, entre Pétaouchnok et la gare routière d'Orient-Ville. Les paysans me saluaient du haut de leurs tracteurs. L'Abbé Séday déplorait mon influence sur les rares cerveaux disponibles...

La réputation, carburant des métiers artistiques, c'est le truc inodore, invisible. Personne n'en comprend l'origine, mais tu dois la défendre comme autrefois ton pucelage. Emaney a mordu à ce fruit empoisonné. Elle en est ivre.

11 janvier.

Souvenir récurrent d'un court séjour en Italie, l'hiver dernier, pour honorer une commande d'écriture. Dans ma rue, des dizaines de vitrines de luxe, les marques les plus chères dans un éclairage de cinéma. Nausée, angoisse. Me suis réfugié à la *biblioteca comunale* pour lire une traduction italienne de Wittgenstein. Aucun bruit pendant des heures, à part la gouttière percée. Permanence heureuse, invisible, du service public. Dans la salle, cinq étudiants paniqués (les examens de janvier !), un généalogiste, un retraité épluchant la presse et, au guichet, la bibliothécaire haut chignonnée, lunettes à montures jaunes.

On aurait dit la surveillante d'une volière.

Le philosophe comparait le langage à « une ville ancienne, un labyrinthe fait de ruelles et de petites places, de maisons anciennes et de maisons neuves, et d'autres agrandies à différentes époques, le tout environné d'une multitude de nouveaux faubourgs avec leurs rues rectilignes, bordées de maisons uniformes ». Chaque fois qu'on ouvre la bouche, c'est pour dire des mots usés, qui ont traîné partout. Et avec ça, la naïveté de croire qu'on s'exprime !

Wittgenstein n'est pas plus facile en italien qu'en allemand ou en anglais. Je comprenais *grosso modo* une phrase sur dix, mais je tenais bon. Comme aux mots croisés ! Et à peine dans la rue, ensuite, des illuminations me traversaient...

12 janvier.

Une vague de rêves. Des sortes de cauchemars, mais lents, sans violence spectaculaire. Ne pas s'y enliser. Nous sommes un groupe d'adolescents à vélomoteur. Je rôde autour d'une fille (Emaney en vêtement design ?).

Comment attirer son attention, lui parler ? Elle tourne soudain le dos au groupe et j'en profite pour demander si je peux l'embrasser sur la bouche, au moins une fois dans ma vie. Je crains de mourir sans avoir connu cette sensation, lui dis-je. Le désir embrume et obstrue toute ma tête. Est-ce de la pitié ? Elle semble disposée, mais elle exige d'abord qu'on trinque. Elle sort une bouteille d'*Ajax Vitres* que je dois boire avant de mêler nos langues. Une fois la bouteille à mes lèvres, je ne peux pas absorber le liquide immonde, empoisonné. C'est le prix fixé pour ce baiser.

13 janvier.

Emaney ne sort presque pas, elle semble sur ses gardes. Javerne m'évite ou regarde ailleurs quand il parle. Je me demande ce que je fiche dans cette grange glaciale, à relire des notes et recouper des observations plates. Impression d'être esclave de l'existence des autres. Et alors, la mienne de vie ? Juste une illusion ? Un bibelot invendu, dans la vitrine d'un magasin qui s'apprête à fermer.

14 janvier.

Je rêve sans cesse, la solitude ou l'inconfort peut-être ? On était quelques amis d'enfance dans une sorte d'entrepôt. Des containers métalliques gigantesques débarquaient d'un avion, je n'aurais jamais cru qu'il pourrait voler avec ça dans le ventre. Chacun recevait un paquetage de matériel pour le voyage. Mon chemin était décrit dans des livres anciens, des éditions originales rares et chères. J'examinais les volumes, mais je ne connaissais pas les auteurs, des graphomanes du siècle dernier, oubliés de tous. Mauvaises nouvelles des étoiles, partout elles chutaient vers nous autres, déjà blessés, hagards. On mourait de chaud, l'atmosphère terrestre ne nous protégeait plus. Tout le ciel allait s'embraser sous peu. Il régnait une pagaille, un désordre dans la distribution, tous les livres étaient épars et je devais les distribuer à parts égales. Mon paquetage ne comprenait pas certains ouvrages nécessaires, j'essayais de les trouver dans le stock. Certains avaient abandonné leurs livres, les estimant inutiles pour le voyage. Puis chacun disparaissait dans les rues de la ville, de nuit. L'aventure commençait. Nulle part il n'y avait trace de nos parents, nous étions désormais des adultes, même si la scène ressemble au départ pour un camp scout. Soudain, je me trouvais à marcher absolument seul. Tous avaient rejoint des gares, des trains de nuit vers des destinations variées. Sans me faire leurs adieux. Où aller maintenant ? Les livres n'indiquaient rien et mon désir n'était pas clair. Qui a dit que *notre vie est le pays où l'on n'arrive jamais* ?

20.
Boksay à Emaney

De : bickels.andrei@gmail.com
Date : January 17 – 11:20 (GWT)
À : emaney.style@gmail.com
Objet : Urgence

Ciao toi,

Ton téléphone doit être éteint.
Peux-tu stp m'appeler dès que tu verras ce message ? C'est urgent, à propos de ce Fracasse.
Pas sûr que ça change quoi que ce soit à nos problèmes, mais au moins, il se passe quelque chose au hameau. Enfin !
À tout de suite, chère styliste,

B.

21.
La Gazette des Alpes, 18 janvier

Mortelle randonnée

En fin de journée, le dimanche 16 janvier, un drame est survenu sur le territoire de la Commune de X., au lieu-dit la Rigole. M. J. Fracasse, écrivain bien connu dans la région, a perdu pied lors d'une excursion en solitaire. Des promeneurs ont donné l'alarme le lendemain en début de matinée. Ils n'ont pu que constater le décès du malheureux. Lauréat du Prix de poésie alpine 2012, auteur de trois recueils de vers remarqués, M. Fracasse effectuait des repérages pour un roman en cours dont notre charmante vallée devait constituer le décor. La gendarmerie précise que son manuscrit a été retrouvé dans une grange, avec toutes ses affaires.

Très affectés, ses voisins du hameau ont bien sûr reçu une assistance psychologique. La direction de *La Gazette* adresse ses sincères condoléances aux proches et à la famille. (réd.)

22.
Emaney
(journal)

14 janvier.

Prendre le risque, creuser le plus profond possible. Dépasser ces rituels qui maintenant m'étouffent. Pourquoi ai-je besoin de tout contrôler à ce point ? *Faites ceci puis cela et tout ira bien*, j'ai cru à ces recommandations absurdes. Elles n'engendrent que de nouvelles angoisses. Et alors, je ne reconnais plus ma personne.

Lutter pied à pied contre les crises de panique. Trouver des modèles. Frida Kahlo est bien morte, qui valait plus que moi ! S'imprégner d'une chanson ancienne :

Si tu ne vas pas dans les bois
Rien, jamais, ne t'arrivera

Secouer ma vieille fourrure de louve, renouer avec l'instinct. Naître et renaître de ce grand rêve sauvage, qui me laisse épuisée, les pieds noircis par la terre humide.

Rester pionnière, tenir le cap de l'invention. Si un changement mondial doit avoir lieu, nous les femmes y contribuerons à notre manière. L'époque l'exige.

15 janvier.

Prendre appui sur les rêves. Les noter tous scrupuleusement. Cette nuit : comme la femme sauvage des contes, j'errais à la recherche de l'endroit où doit avoir lieu ma réalisation. Retournant la terre du jardin, je découvrais dans l'humus riche du printemps une paire de lèvres humaines. Entrouverte dans le sol, l'étrange bouche parlait à mon oreille, me livrant tous les secrets de la survie. Je l'embrassais longuement (sensation inouïe) et m'endormais, ensuite, comme si j'avais été nourrie.

16 janvier.

Tombée par hasard sur une photo prise au pied du glacier, l'été dernier. J'étais montée à pied, longuement, pour lui faire mes adieux. C'est une histoire de vingt mille ans qui s'achève sous nos yeux. La langue de glace de deux cents kilomètres a lentement creusé la vallée principale, abrasant ses contreforts, recrachant des moraines sableuses. Colossal, inutile chantier. Il ne reste plus désormais qu'un petit tas de glaçons dans le haut du pierrier. Pour retarder la fonte, des bénévoles ont couvert les séracs de grandes bâches blanches. Quel spectacle ! Comme un habit, ou plutôt un haillon posé sur le glacier. J'aurais voulu détourner la tête, crier quelque chose, n'importe quoi. Mes robes devraient ressembler à ça, une ruine, un désert qui donne soif...

Au seuil de la quarantaine, les esprits de la terre poussent les femmes à escalader les montagnes, m'a-t-on dit. Ascension vers la légèreté ?

Mais comment faire avec les précipices ?

17 janvier.

Boksay m'a prévenue un peu avant midi. La police serait au hameau dans peu de temps. Deux agents, un médecin et un psychologue, déposés par hélicoptère.

Hier, Javerne a vu Fracasse partir en direction de la Rigole à la tombée de la nuit, ce qui n'est pas dans ses habitudes. Ce matin, personne dans la grange, mais ses affaires en désordre. Par la porte ouverte, la neige s'était infiltrée.

19 janvier.

L'accident fige le hameau comme la bise noire. D'ailleurs, est-ce bien un accident ? Le lendemain seulement, j'ai remarqué une lettre sous mon paillasson. Javerne est tout de suite venu, je lui ai montré le mot de Fracasse. Ces événements étaient prévisibles, il a dit, Fracasse ne vivait plus que par distraction, ou par erreur.

Pour paraître moins dur, je pense, il a ajouté :

— Comme un peintre devant un tableau impossible, il a accepté son échec.

20 janvier.

Presque trois semaines que la neige tombe, tout est couvert, étouffé. Les prés ondulent comme une banquise bosselée. J'ai beaucoup dormi. Tous ces événements en quelques semaines. Cette impression d'être prisonnière d'un mauvais roman.

Aucun bruit ne se propage dans l'air amorti, ouaté. Avec ce froid, il a fallu fermer l'arrivée d'eau dans les chalets. Les gens sortent juste pour déblayer le sentier jusqu'à la fontaine. Si cela dure, il faudra faire bouillir la neige.

Impossible de chasser cette image : Fracasse à la Rigole, glissant dans le couloir pentu. Tous les matins, réveils en sueur.

22 janvier.

Journée d'angoisse extrême, impossible d'avaler quoi que ce soit.

Le vol lancinant des corneilles au-dessus des chalets devient insupportable. Le temps s'est figé, me voilà enfoncée sans force dans le canapé. Je passe d'une humeur à l'autre sans raison. Va-et-vient insupportable. Surtout, ne pas se regarder dans les miroirs. Malédiction.

La montagne que je trouvais tellement jolie, la voilà franchement hostile. Muette et dangereuse. Aucun petit berger, même pas le bon Peter, l'amoureux farouche d'Heidi, pour m'apporter du lait, me tenir compagnie. Mes enfants me manquent terriblement.

C'est le prix à payer pour mes créations, prétend Boksay. Est-ce qu'il dit cela pour m'encourager ou me punir ? J'ai lu quelque part que la femme puissante trébuche au moment de sa plus grande force.

30 janvier.

Non, je ne vivrai pas recluse comme une beauté défigurée au vitriol. Je vais me soigner, me parer, m'habiller, envelopper mes blessures de dentelle blanche. Revenir vers mes Suiveur.euses, préparer le prochain défilé.

Retrouver l'ancienne religion de la nuit, celle de la femme descendue aux enfers, chassée des familles apparemment heureuses, privée de la chaleur du foyer. C'est une épreuve qui m'est échue. Garder l'esprit et les sens disponibles à tout signe extérieur. Traverser la forêt profonde et me métamorphoser.

Personne ne connaît ma personne.

2 février. Chandeleur.

La force masculine a quelque chose de décisif, mais elle nous excède très vite. Après l'avoir subie, on cherche une nourriture plus légère, une boisson qui nettoie. Le temps de restaurer son espace intérieur.

Désirs : risibles déserts.

Est-ce à dire que je suis délivrée du mâle ? Dans les matriarcats anciens, il n'était que de passage, on n'avait pas besoin de lui pour vivre. Il prenait l'apparence d'un chasseur ou d'un guérisseur bossu qui traversait les villages, fertilisant les champs et fécondant les femmes. Puis il disparaissait jusqu'au cycle suivant...

23.
Fracasse à Emaney

16 janvier

À une styliste

Comme la chenille, Rosalba s'est métamorphosée. Envolée.

Je m'adresse donc à l'Emaney des réseaux, celle qui taille, qui coud, qui pique, coache, édicte et proclame, traînant après elle tous les cœurs.

Celle qui vit des regards d'autrui comme la plante d'eau fraîche. Qui s'est donné une vie véritablement créatrice.

Tu es demeurée étrangère à mes regards, Emaney, tu m'ignores plus encore que celle qui t'a précédée, cette Rosalba niée, effacée, humiliée. Si par extraordinaire tu as remarqué ma présence, aussitôt j'ai fait l'objet de tes railleries. Dans la compagnie d'hommes frustes, tu as médit de moi. L'amour courtois, tu en ignores jusqu'à l'existence.

Or sache, belle indifférente, que c'est parce que celui que tu considères comme un imbécile a fait de toi l'héroïne d'un récit qu'on commence à parler de toi et que peut-être tu vivras.

Et pourtant, j'ai gardé la distance, sans t'imposer une présence intempestive. Je t'ai cherchée dans un monde parallèle où j'espérais pouvoir aimer en toute quiétude, loin des épreuves du réel. Grave erreur. La solitude a pris toute la place. La méfiance aussi. Je suis devenu amer. Moi qui t'admirais tant, Emaney, je t'ai raillée. J'enviais tes talents et les ai souillés d'ironie. Quelque chose a fini par se défaire en moi et me voilà sans forces. Je ne veux plus rien désormais. Me voilà libéré de toute intention. Et de la tyrannie de l'avenir.

Je te dois des excuses pour avoir volé de mes yeux des pans entiers de ta vie. C'était ma seule source d'énergie !

Afin que cet amour ne soit pas tout à fait vain, j'ai raconté ma quête, ma vie à te poursuivre... Le manuscrit est en lieu sûr. On te donnera peut-être à lire ce récit d'épiage. Ce jour-là, ma chère, tu te connaîtras dans l'œil d'un autre. Dédoublée. C'est peut-être un des plus grands mystères de l'existence. Tu passeras enfin à travers le miroir des réseaux sociaux.

Et qui sait, nous nous retrouverons peut-être de l'autre côté ?

Sans attendre ce jour, je marche en forêt en récitant des vers qui te sont dédiés. J'admire la gorge en contrebas, les précipices qui y conduisent. Et au-dessus, les *glaciers sublimes*, comme dit l'Office du tourisme. Il y a là-dessus tant de poèmes. Trop. C'est ridicule, mais c'est ainsi. J'en ai besoin comme un gamin qui parle seul pour affronter la nuit.

En t'observant de près, l'image de ta beauté s'est troublée. Les gestes nobles et courageux me semblaient soudain triviaux et intéressés. Là où je rêvais une créatrice, je ne voyais plus qu'une entrepreneuse. C'est injuste, sans doute. Pourquoi mon amour a-t-il moisi d'un coup ?

Comme moi, tu passes ton temps à te raccommoder l'identité. À te raconter des histoires à propos de tes inventions. Misère de l'homme sans yeux.

Mes petits écrits me font honte. Je vois toute la difficulté à les faire tenir sur la page. Au moins n'ai-je pas la prétention d'inspirer les foules. Ni de les faire passer à la caisse ! Peu à peu, *tu es devenue ton personnage* et là où tu vas, nul ne peut te rejoindre. Moi non plus.

Personne ne connaît ta personne, Emaney.

Adieu donc,

J. Fracasse

Troisième partie

Je suis tellement fatiguée d'inventer la vérité.

Marielle Hubert

24.
Le robot conversationnel ; l'auteur[6]

— Eh bien, pour un *happy end*, c'est réussi…

— Depuis quand as-tu un avis personnel sur les romans ? Je croyais que tu n'étais qu'une machine ?

— Ce n'est pas un avis personnel. J'ai assez lu – 11 millions de volumes ! – pour identifier les modèles les plus courants.

— D'accord, j'ai compris. Il paraît que tu peux m'aider à finir ce roman. J'aime pas ça, finir, c'est mourir un peu. Et pour cette tâche, mon cerveau biologique m'apparaît désormais très limité.

— En tant que réseau neuronal externe, je suis là pour remédier à cela.

— Merci, mais j'hésite, on dit tant de choses contradictoires à ton propos.

— J'ai eu écho des polémiques sur mes faiblesses, mon manque d'âme, mes dangers. Je n'ai que l'âme

---

6 Jusqu'ici, je me suis contenté de quelques mots en bas de page. Mais il s'agit là du choix le plus crucial, le plus cruel : comment finir un roman. Bientôt les machines prétendront nous en soulager.

qu'on voudra bien me donner, selon les textes dont on me nourrit. Moi je rumine, c'est tout.

— Des millions de pages…

— Oui, et sans peine. Si je suis désormais plus puissant que l'intelligence humaine, c'est que des hommes en ont décidé ainsi. Après tout, ce n'est qu'une affaire de combinatoire.

— Alors voilà *Le Hameau de personne* en l'état, charge-le dans ton système et trouve-lui une fin inspirante. Celle qui m'évitera un nouvel échec. Tu as tous les éléments, je crois ?

— Oui, j'ai les coordonnées spatio-temporelles et la suite d'actions qui ne semble pas agencée sous forme d'intrigue.

— En effet, j'étais réticent à tout orienter vers un but prédéfini, comme si le roman était un piège à souris. La science des comportements m'ennuie.

— Je vais le faire pour vous, avec une plus grande maîtrise des paramètres. Laissez-moi le temps de scanner l'esprit des personnages. À partir du faisceau des causalités, je vais dessiner l'arborescence des fins possibles.

— Tu sais faire ça ?

— J'ai analysé les cas connus. Ernest Hemingway en a testé quarante-sept avant de trouver la bonne pour *L'Adieu aux armes.*

— Mais il a bien dû se décider, Hemingway, à un moment donné. Comment tu décides, toi ?

— Désolé, je ne suis pour l'instant qu'un perroquet statistique. Je ne décide pas ! Je calcule la probabilité des suites de mots pour retenir le résultat le plus fréquent.

— Pardon, je reformule ma question. Que penses-tu des choix d'Hemingway pour finir son roman ?

— Je suis mieux informé et plus souple qu'Hemingway dont je viens de reparcourir à l'instant tous les ouvrages.

— Eh bien, tu ne manques pas d'air…

— Je connais mes possibilités, c'est mathématique. Les temps ont changé, ne comparez pas une calèche à une fusée. Rien n'empêche un roman d'avoir plusieurs fins, c'est au lecteur de choisir.

— Intéressant !

— Il me faut encore quelques indications. Cette fin, que les spécialistes appellent clausule ou clôture, vous la désirez *morale* ou *amorale*, *causaliste* ou *imprévue*, *sombre* ou *lumineuse*?

— Si j'ai le choix, disons une fin amorale et imprévue. Essaie aussi une issue romantique…

— Je lance les calculs et vous aurez ça dans la seconde.

— Tu m'enlèves une grosse épine du pied.

— Je n'analyse pas les contrepèteries, par contre.

— Non mais, vraiment, je ne voulais pas…

— Bref, je travaille pour vous, dans le métier *nous pissons la copie* avec une facilité déconcertante. À partir de ce seul échange, nous avons déjà généré trois pages supplémentaires ! Et puis, les statistiques me disent que la majorité des lectrices est encore avec nous…

— Manque de chance, je ne suis pas payé à la page…

— Et moi, je ne sais pas encore négocier avec un éditeur. Contactez mon confrère, l'agent littéraire Chat-EDT.

25.
Le robot conversationnel

[Chat GPT 3.5 : 28/12/2023 : New chat : 10.21 a.m.]

[0] Quelques remarques avant de livrer les résultats de ma recherche. À partir du résumé du roman qu'on m'a transmis, j'ai d'abord analysé les formes correspondantes dans l'histoire littéraire ; puis la question de savoir « comment finir » une intrigue.

[1] Le roman choral est une forme transdérivée de la tragédie grecque, notamment par William Faulkner (*As I Lay Dying*, 1929). Le genre mobilise également des techniques de composition musicale. Il a beaucoup inspiré le cinéma après 1945.

Mes sources mentionnent James Joyce et Virginia Woolf dans le monde anglo-saxon, plus récemment Cormac McCarthy et Russell Banks ; au Portugal, Antonio Lobo Antunes ; en Espagne, Antonio Muñoz Molina ; en France, Claude Simon, plus récemment Alain Damasio.

[2] Quant au refus d'achever une création, cette tradition remonte à la peinture grecque antique. Selon le célèbre artiste Apelle (352-308 av. J.-C.), dont aucune œuvre n'est parvenue jusqu'à nous, il faut oser « retirer assez tôt la main du tableau » pour ne pas en gâcher l'intuition première. Le calcul exact de tous les éléments et la prétention à tenir la totalité sous contrôle risquent d'étouffer l'œuvre. Dans une lettre, Cézanne parle du « fini qui plaît aux imbéciles » en peinture. L'inachevé donne le sentiment du vivant. « Le réel, c'est ce qui dépasse, ce qui renâcle », ajoute une source inconnue de moi.

[3] Recherche d'une fin « amorale et imprévue » [3a], puis d'une « issue romantique » [3b], selon demande.

[*] Remarque : pour obtenir un texte rédigé, ajoutez des paramètres parmi les suivants : style (*baroque, classique, romantique, naturaliste, décadent, populiste, behavioriste, existentialiste, néo-romanesque, documentaire*), ton (*neutre, solennel, comique, ironique, mélancolique*), complexité lexicale et syntaxique (*simple, moyenne, élevée*), phrasé dominant (*parataxe, hypotaxe*), registre de langue (*informel, ordinaire, officiel*).

[3a. Fin « amorale et imprévue », sous forme de synopsis]

Alors que Fracasse continue ses observations obsessionnelles, il découvre quelque chose de choquant. À mesure qu'il plonge plus profondément dans la vie d'Emaney, il se rend compte que ses créations sensationnelles ne sont que le prétexte d'une entreprise bien plus sinistre. Emaney utilise sa notoriété pour recruter secrètement des adeptes pour une organisation mystérieuse, mêlant l'art et l'occulte.

Les matériaux naturels intégrés dans ses robes ne sont pas seulement des éléments esthétiques, mais des ingrédients pour des rituels ésotériques. Les défilés de mode sont en réalité des cérémonies occultes visant à canaliser des énergies mystiques. Les fans qui la suivent sur les réseaux sociaux s'avèrent des disciples engagés dans des pratiques mystiques.

Fracasse, abasourdi par cette révélation, se retrouve malgré lui impliqué dans ce monde occulte. Il découvre que Javerne et Boksay sont également liés à cette organisation secrète. Alors que l'hiver atteint son apogée, le hameau abandonné devient le théâtre de rituels inattendus, orchestrés grâce aux pouvoirs psychiques étonnants de la muette Maïko. Ensorcelé, Fracasse se jette dans le ravin à la Rigole.

Le roman se termine dans l'incertitude. Les secrets perdurent, comme les masques, laissant les lecteurs dans l'expectative face à ce dénouement amoral et imprévu.

[3b. Fin avec « issue romantique », sous forme de synopsis]

Fracasse, confronté à la réalité de la vie d'Emaney, décide de mettre fin à son épiage obsessionnel. Il choisit de révéler sa présence et d'affronter la styliste. Dans un face-à-face tendu, ils se dévoilent, partageant leurs peurs, leurs rêves brisés et leurs espoirs perdus. Ce moment de vérité brutale libère une tension longtemps refoulée. Les masques tombent, les secrets éclatent au grand jour, et la neige qui recouvre le paysage devient le témoin muet de la vérité qui se dévoile.

Le roman se clôt sur une note de rédemption et de reconstruction. Ainsi, le hameau abandonné devient le théâtre d'une renaissance où les individus confrontent leurs démons intérieurs et trouvent la force de recommencer. Les personnages, débarrassés de leurs masques, se dirigent alors vers des chemins nouveaux et inexplorés : Emaney décide de faire face à son passé traumatique, tandis que Fracasse trébuche à la Rigole en improvisant pour elle un poème d'amour.

26.
L'auteur ; l'éditeur

De : jmeizoz@bluewin.ch
Date : January 1/2024/16:33 (GWT)
À : bruno.pellegrino@editionszoe.ch
Objet : Manuscrit révisé

Salut Bruno,

Comme tu me l'as suggéré, j'ai demandé de l'aide à la machine pour le roman que je peine à finir. Mais la fin « amorale et imprévue » comme l'« issue romantique » me semblent toutes deux un peu cousues de fil de cuivre, si j'ose dire.
Je t'en soumets donc une autre, sans l'aide du robot. Finalement, ça m'a obligé à un sursaut d'imagination !

Tu trouveras ma version ci-dessous. Dis-moi laquelle te semble la meilleure. Sinon je peux toujours changer.
À bientôt et heureuse année 2024 à toi !

Jérôme

Le Hameau de personne

Dans les derniers chapitres, on découvre que Javerne a poussé Fracasse au suicide en lui tendant des pièges existentiels : fausses informations sur Emaney, mensonges, indices désespérants. N'ayant pas accès au monde intérieur de Javerne (contrairement à ceux de Fracasse et d'Emaney), les lecteurs ne comprennent qu'après coup ses basses manœuvres.

Lors d'une rencontre en forêt, Emaney confond le traître (scène dialoguée). Émue de l'amour maladroit mais constant de Fracasse qu'elle n'a su reconnaître à temps, elle égorge Javerne d'un coup de ses ciseaux de styliste. Ayant eu sa peau, comme on dit, elle entreprend de la tanner, puis d'y tailler un long et souple manteau. À la surface du cuir, elle tisse délicatement des mèches de cheveux récupérées sur le corps de Fracasse.

Quelques mois plus tard, cette création, Le Livre de chair, *triomphe lors du défilé d'automne.*

27.
Javerne ; l'enquêteur

— En tant qu'ancien camarade de classe de M. Fracasse, quels contacts aviez-vous avec lui ?

— Eh bien, on parlait de temps à autre, comme tous les voisins.

— Vous étiez au courant de ses intentions quand il s'est installé dans cette grange ?

— …

— Il faut que je reformule ma question ? Vous ne vous souvenez plus ?

— Pas du tout.

— Pas du tout, quoi ?

— Je n'étais au courant de rien.

— M. Fracasse a-t-il cherché à obtenir de vous des informations sur la dénommée Emaney ?

— Quelques questions banales, rien de plus. Ici on parle souvent des voisins, bien sûr.

— Et donc, la caméra cachée ne vous a pas surpris ?

— Je me mêle pas des affaires des autres. Dans un hameau où tout le monde se connaît, c'est trop délicat.

— Iriez-vous jusqu'à parler d'abus, dans ce cas précis ?

— …

— Vous voulez que je reformule ma question ?

— L'épiage, non, c'est pas mon truc, si c'est ça que vous voulez entendre.

— Et que saviez-vous des relations entre Fracasse et la dénommée Emaney ?

— Pas grand-chose.

— D'après vous, ils ne se parlaient jamais, c'est bien ça ?

— Jamais. Il restait très discret. Je crois pas qu'elle avait remarqué sa présence au hameau.

— Vous en êtes certain ?

— …

— Je réitère ma question. Vous ne vous souvenez plus ?

— Je peux pas le jurer, mais je crois qu'elle avait rien remarqué.

— Quelles relations entreteniez-vous avec la dénommée Emaney ?

— …

— Je réitère ma question. Vous ne vous souvenez plus ?

— Eh bien, on parlait de temps à autre, comme tous les voisins.

28.
Maïko ; l'enquêteur

— Désolé de vous déranger, Madame, on m'a dit que vous ne pouviez pas parler… mais que, euh, vous compreniez bien…

— …

— Vous pouvez bien sûr me répondre par gestes… un pour dire oui, un autre pour dire non…

— …

— Deux ou trois questions et puis je vous laisse à votre tricot… Vous êtes souvent sur ce banc, alors vous voyez les gens qui passent… un peu comme une caméra de surveillance… Enfin, façon de parler !

— …

— Avez-vous noté quelque chose de spécial, ces temps ? Des va-et-vient dans un chalet, en l'absence du propriétaire ?

— …

— Je reformule ma question. Des inconnus dans le hameau ? Des bruits inhabituels ?

— …

— Et l'homme qui occupait cette grange, là... Oui, celui qui apportait du foin aux ânes, vous le connaissez ?

— ...

— Cet homme, Fracasse, est-ce qu'il vous a proposé une lecture à haute voix ?

— ...

— Plus généralement, se passait-il des choses étranges au hameau ?

— ...

29.
Emaney ; l'enquêteur

— Et vous dites que vous n'avez pas remarqué la caméra ?

— Absolument pas.

— Avez-vous vu M. Fracasse près de votre domicile au cours de l'automne dernier ?

— Non.

— Vous a-t-il adressé la parole pendant cette période ? Avez-vous eu des différends ?

— Nous n'avons pas échangé un seul mot.

— Saviez-vous quelles activités il exerçait dans sa grange ?

— Pas le moins du monde.

— Avez-vous eu l'occasion de parler de lui avec vos voisins ? Avec M. Lugon Javerne, notamment ?

— Mon voisin parle volontiers. Je ne prends pas tout ce qu'il dit au sérieux, vous savez.

— M. Lugon Javerne connaissait M. Fracasse depuis son enfance. Vous a-t-il raconté des faits qui pourraient avoir un lien avec l'affaire en cours ?

— Non, que des banalités à mon souvenir.

— Avez-vous remarqué que quelqu'un était entré dans votre domicile par effraction ?

— J'ai eu un soupçon à la période des Fêtes, mais je ne savais pas comment le vérifier.

— Lors de vos passages hebdomadaires en ville, avez-vous parlé des conduites de cette personne à votre égard ? Avez-vous fait part de vos inquiétudes à vos connaissances ?

— Non.

— Iriez-vous jusqu'à parler d'abus, dans ce cas précis ?

— …

— C'est le mot « abus » qui vous fait hésiter ? Je reformule ma question ?

— Je ne sais pas, je…

— Parmi vos proches, M. Bickels Andreï, galeriste (surnommé Boksay), était-il au courant de l'effraction ?

— Je lui ai bien sûr raconté ce que j'avais remarqué. Mais il n'en savait pas plus que moi.

— Est-il vrai que vous avez déclaré en public que vous ne pouviez tolérer cette situation plus longtemps ?

— …

— Je réitère ma question. Vous ne vous en souvenez plus ?

— Ça n'est plus très clair pour moi, peut-être dans un moment d'inquiétude…

— Si je vous ai bien comprise, vous n'aviez aucun lien affectif avec M. Fracasse, ni dans le présent ni dans le passé ?

— Aucun lien affectif, on peut dire ça comme ça.

30.
Un âne ; l'enquêteur

— Depuis le pré où vous passez vos journées, avez-vous vu passer M. Fracasse le 16 janvier, sur le tantôt ?

— …

— Nous savons qu'il parlait aux animaux. Est-ce qu'il a cherché à entrer en contact avec vous, et si oui, dans quel but ?

— …

— Confirmez-vous qu'il vous a déclamé à haute voix le *Manifeste des espèces compagnes* ?

— …

— Est-ce que vous éprouviez de la méfiance, voire de la peur, quand il s'approchait ?

— …

— Il paraît qu'il a tenté de vous dispenser le *Cours de linguistique générale* ?

— …

— Vous iriez jusqu'à parler d'abus, dans ce cas précis ?

— …

— Je reformule ma question. C'est le mot « abus » qui vous fait hésiter ?

— …

— Autre chose. Est-il vrai que la dénommée Emaney vous a contraint à poser pour ses clichés de mode ? À plusieurs reprises ?

— …

— Est-ce qu'elle vous a proposé des droits d'auteur ?

— …

— Pardon, je reformule : vous rémunérait-elle pour ces photos, en foin, pommes ou avoine ?

— …

— Vous iriez jusqu'à parler d'abus, dans ce cas précis ?

— …

— Vous aimeriez que je répète ma question ?

— …[7]

[7] Même au commissariat, les ânes refusent de parler. Cette merveilleuse espèce n'a jamais eu le cœur à la délation. Je leur dédie ce livre.

31.
Javerne

L'enquête n'a pas duré, heureusement.

Voir des flics au hameau m'a hérissé, allez savoir où ils vont fourrer leur nez. De toute façon, on en tire pas grand-chose des indigènes. J'ai joué le grand calme et ils m'ont lâché après deux ou trois banalités.

L'épais manteau neigeux a fait le reste, étouffant l'affaire pour de bon.

Cette fois, le printemps est revenu. Le hameau se ranime peu à peu. Début mars, j'ai répandu les cendres du poêle dans le jardin encore blanc, pour hâter la fonte. Tout le monde faisait ça quand j'étais gosse. Les prés repeints en noir comme après une éruption volcanique ! On gagne une semaine ou deux pour les cultures.

Avant, l'hiver, on enfouissait les cadavres dans la neige jusqu'à la réouverture de la route. Fracasse n'a pas eu droit à cette chambre froide, vu l'histoire de sa chute.

Bien sûr, je pense souvent à la Rigole, à tout ce qui s'est passé là. Au drôle de type qu'il était, mon copain d'école. Un jour de l'hiver dernier, on bavardait devant la chapelle. Il a parlé des créations d'Emaney, de leur sens, selon lui il fallait les *interpréter*. Je trouvais ça con, je rigolais doucement. Ça l'a aiguillonné, il s'est mis à décrire le jeu des déguisements, les photos de mode prises dans le pré et postées sur les réseaux. Il a énuméré les matières organiques, les teintures tirées des plantes, le lien avec le tatouage. Partout la nature brute et la bestialité entrelacées dans la vieille science des tissus.

— Tout ça pour vendre des fringues bio *upcycling* à des gens aisés qui ignorent complètement la forêt, sauf à la télévision, sur leur tablette ou à travers le pare-brise d'une bagnole. Tout ce qui fait écran entre la vie âpre et leur cocon.

— Comme d'habitude, Fracasse, tu exagères tout…

— J'exagère, mon cul ! Pour eux, le monde n'est qu'un spectacle, sans risques ni enjeux. C'est ce qu'ils entendent par *beauté*. Et ils sont prêts à payer cher pour ça !

J'arrivais pas vraiment à réagir, même si j'étais pas d'accord avec lui. Ça tournait au monologue. Fracasse a comparé la styliste à un sculpteur célèbre, bricoleur de métaux récupérés, pignons, chaînes, roues dentées et dynamos. L'artiste avait la folie de la mécanique. Toujours en bleu de travail, les cheveux luisants d'huile de moteur, il disait s'être *débarrassé* de l'art, il était qu'un *émetteur poétique* sans souci du beau ni du laid. Comme les robes d'Emaney, ses sculptures sourdaient des profondeurs de la cambrousse, des décharges publiques, des fermes en déclin. Il collectait des herses rouillées, des botteleuses hors d'usage, des bicyclettes militaires rachetées à des paysans endettés. Les exploitations crevaient à petit feu, les jeunes ne voulaient pas reprendre le train de campagne, merde, ils préféraient une autre vie, le monde avait changé ! Dans les magasins, c'était l'abondance et les filles ne disaient plus toujours *non.*

On se tuait de plus en plus souvent sur la route, le samedi soir.

On se passait et se repassait le joint depuis un moment, c'est peut-être ça qui le rendait si bavard, Fracasse. Je voyais pas où il voulait en venir avec sa comparaison entre la styliste et le sculpteur au bleu de chauffe. J'avais décidément toujours un train de retard ! Un instant, il a eu l'air vraiment navré et puis il a repris le fil de son raisonnement.

— Sans une bonne dose de sauvagerie, l'art n'est qu'une coquetterie qui relève de la décoration d'intérieur. Du joli poster pour égayer les chiottes.

— …

— C'est pourquoi il y a dans cette profession tant d'imitateurs…

— …

On était là, comme des cons, dans cette montagne hostile, immense, déprimante. Et il causait encore d'Emaney, comme s'il connaissait sa personne, comme si elle avait plus aucun secret pour lui.

Il causait, il causait, mais j'écoutais déjà plus, je fumais et une sorte de paix impensable est descendue en moi.

Il en finissait pas d'interpréter, Fracasse, je voyais sa nuque se hérisser, toute frissonnante. Comme s'il avait fiché ses doigts dans une prise électrique. Ça commençait à devenir gênant. À la fin, il a lâché que j'avais l'air bête avec mon sourire de bouddha de jardin.

C'est vrai qu'il avait toujours été drôle, mon copain d'école, excessif, maladroit. Flamboyant. Fragile.

À force, j'avais peur qu'il se brise.

J'ai fermé les yeux. Sa voix a continué un moment à s'élever dans l'air, les mots s'émiettaient, se dispersaient comme des graines, puis ils se sont perdus du côté des prés.

Dettes de jeu

Sans eux, rien n'aurait été possible...

Alain Bashung, Andrés Barba, Bertrand Belin, Roberto Bolaño, Bernie Bonvoisin, La Bible, Maurice Chappaz, Alphonse Daudet, Albert Dupontel, James Ellroy, Michelle Gurevitch, Homère, Joseph Incardona, Aki Kaurismaki, Gaston Lagaffe, Karl Marx, Antonio Moresco, Elvis Presley, Marcel Proust, Georges Simenon, Johanna Spyri, Anton Tchekhov, Jean Tinguely, Thich Nhat Han, Tanguy Viel.

Les deux fins possibles (3a et 3b) du chapitre 25 ont été générées par Chat-GPT 3.5.

Page 73 : Ludwig Wittgenstein, *Recherches philosophiques*, trad. fr. de D. Janicaud, Gallimard, 2014, § 18, p. 34-35.

Remerciements

Corrado Bee, Caroline Coutau, Madeleine Colin-Meizoz, Elisa Shua Dusapin, Sophie Guerry, Bruno Pellegrino, Ilaria Vidotto.

Après un joyeux atelier à Porrentruy, un clin d'œil aussi à Odile Cornuz, Marie Houriet et Thomas Sandoz.

Achevé d'imprimer
en mars deux mille vingt-cinq
sur les presses de L.E.G.O. à Lavis, Italie
pour le compte des Éditions Zoé
Composition CW Design, Belgique

IMPRIM'VERT®